www.gesteditions.com

TRAÎNE LA GROLLE

ISBN : 978-2-84561-414-7 – LUP 586

Suzanne Bontems

TRAÎNE LA GROLLE

Geste éditions

À mes enfants, mes petits-enfants, mes arrière-petits-enfants et ma nièce Micheline, l'hommage à un ancêtre de la famille qui voulait qu'on parle de lui longtemps après sa mort.

PRÉFACE

Certains de nos ancêtres attirent notre attention par leur forte personnalité face aux difficultés de leur époque. Comme marqués par le destin, il leur faut en permanence trouver l'énergie, et faire montre d'une volonté considérable, pour faire face à l'adversité.

Ce courage, le grand-père Stanislas l'avait.

Son enfance et sa jeunesse s'étaient passées en Haute-Saône puis, après sept ans de service militaire, n'ayant aucun travail, il prit son baluchon et traversa la France à pied, pour venir travailler en Deux-Sèvres.

Nous sommes à la fin du second Empire et nous assistons aux prémices des mutations de l'agriculture.

Mais les drames, la douleur et la mort ont souvent rôdé autour de cet homme de caractère. C'est comme si, luttant encore et toujours pour subsister, sa présence dans ce livre, quatre-vingt-dix ans après son décès, était comme un défi lancé pour l'éternité.

LA MIGRATION

16 août 1876. Mac-Mahon avait le titre de président de la République bien que les mauvaises langues de l'époque disaient :

– S'il tombe celui-là, ce ne sera pas la tête qui l'emportera !...

À la caserne, pendant que cuisait la soupe, les soldats repliaient les tentes et faisaient les sacs et les paquetages. C'était un fourmillement de pantalons rouges au milieu de la campagne verte sous un beau ciel pur du matin.

Tous se sentaient d'une humeur agréable ; la guerre était de l'histoire ancienne et pour beaucoup, c'était le retour au foyer après sept ans.

Le général de cavalerie prenait le café sur un coin de table. Un excellent homme le général, mais d'une sévérité inflexible ; quand il commençait à mordiller sa moustache, c'était le signe précurseur de la tempête.

Pendant que des ordonnances en grosses bottes apportaient les cafetières fumantes, les soldats évoquaient les yeux bleus et les lèvres roses des filles de Lorraine.

Stanislas et son camarade François bavardaient gaiement avec cependant une petite pointe de nostalgie, car ils allaient se quitter et rentrer, l'un à Jasney en Haute-Saône, l'autre à Cherveux dans les Deux-Sèvres.

François était caporal. C'était un garçon simple et le meilleur des camarades, aussi posait-il très sérieusement au « paternel » envers Stanislas, plus jeune et moins déluré, pitoyable sous sa capote dont le bleu horizon avait, depuis longtemps, tourné au vert boche.

François partageait toujours ses colis avec Stanislas qui lui en savait gré car pour celui-ci, les colis se faisaient rares. Il avait trois ans lorsque son père était mort et sa mère peinait beaucoup à survivre.

François parlait toujours avec le patois de sa région poitevine et son camarade ne comprenait pas tout, mais cela le faisait rire.

La seule chose qui les séparait, c'était la religion ; le Poitevin avait la foi, et Stanislas était athée. Ils ne se trouvaient pas embarqués sur le même bateau. Quelles différences au juste ?... Difficile à dire. L'un et l'autre étaient d'avis de manger du bourgeois, le bourgeois étant celui qui n'avait pas leurs idées, mais on n'était pas d'accord sur la sauce.

Du reste, la spécialité de François, c'était d'exterminer les châtelains, et Stanislas s'en prenait de préférence aux curés.

– Tu *crès* ni à Dieu ni au *diabe*, *ta*, disait son camarade.

– Je crois ce que je vois.

Et l'autre haussait les épaules.

Pourtant, les curés mettaient eux aussi « sac au dos » et le garçon reconnaissait la bonne camaraderie de « ces types-là » et le rôle qu'ils avaient tenu pendant la guerre.

– Allons Bidasse, la ramène pas si fort pendant que le curé fait sa prière, lui disait-on souvent.

– *Asteure, qu'éto qu'tu vas fére*? demanda François.

– Ah ! ça, je n'en sais rien. Y'a pas beaucoup d'boulot chez nous ; les usines n'embauchent pas, les fermes sont trop petites et je ne veux pas aller en ville.

François resta songeur un moment, puis il se mit à siffloter un air militaire en décochant à son camarade son regard le plus ironique.

– *I sunjhe une afére*, dit-il tout à coup. *Qu'éto qu'tu dirais* de *v'nir travailla chez ma, à Cherveux*?

Ces paroles, prononcées avec bonhomie, surprirent tellement son camarade que celui-ci resta sans voix pendant quelques secondes car il avait une foi naïve dans la franchise et la probité de François.

– Chez toi?... À Cherveux?... répéta-t-il sans réellement comprendre.

– *Bé oui. Vins chez nous. À Cherveux, y'a daus grousses fermes qui demandent daus valets; y'a daus grousses foires et daus grous marchés, pi y'a la mer qu'est pas trop loin. Ma, i veux aller la voir la mer, quand i s'rés de r'tour chez nous.*

Difficile de répondre pour Stanislas, puis réfléchissant gravement, il dit:

– Mais c'est loin chez toi, sinon, j'y serais bien allé pour y travailler, moi.

– Oh! Faut trois mois...

L'idée de partir à Cherveux chez son camarade le séduisait fortement ainsi que la perspective de pouvoir travailler et gagner sa vie.

– Là-bas, reprit François, tu verras les broches *tourna* devant les grandes *cheminaïes* et les femmes *s'activa* vers les *tablles*.

– Les filles? demanda le jeune homme.

– À sont belles, répondit son camarade, et pi tu sais, quand les *ajhuns* sont en *flleurs*, les *drolasses*...

Et il eut un geste et un petit rire qui sous-entendaient quelques bonnes parties de plaisir.

– Et toi, que vas-tu faire? demanda encore Stanislas.

– Oh! *ma*, i reste chez mon père qu'a une borderie. Vins donc, *i f'rons daus bounes* parties. Y'a les frairies chez nous. À la foire à Cherveux on se pique un peu le *na*, mais on rigole, on fait *dansa* les *jhènes*, les vieilles, les *mégres*, les *grousses*, les *feuyes* et les mères. Tu *queneutras* mon frère et mes deux copains de la Voûte.

– En attendant, viens que je te paye le coup chez la mère Pompon, répondit son camarade.

Et les deux garçons s'en allèrent, leur barda sous le bras, en riant et en bavardant.

La mère Pompon, on ne lui connaissait pas d'autre nom. Elle était cantinière et avait été médaillée à Solferino où son mari, un maréchal des logis avait été tué.

Les murs de la cantine étaient couverts de gravures, des souvenirs de guerre et de paix, des Bonaparte frisés ou pommadés.

C'était la seule cantine du régiment où les anciennes coutumes avaient été conservées ; les gradés eux-même mettaient bas leur bonnet de police en entrant, et la cantinière était une mère pour le troupier.

– Bonjour la cantinière, firent les deux jeunes gens en entrant.

Elle sourit et dit :

– Alors, on nous quitte ?

– Eh ! oui. Alors un dernier avant le départ !

Dès lors elle s'activa, servit, remplit les verres, mais parlait peu.

Un adjudant, assis un peu plus loin, lui demanda à plusieurs reprises :

– Allons, la mère Pompon, racontez-nous une histoire.

– Non, mon garçon, pas aujourd'hui, j'ai de la peine de vous voir partir. Et puis, je suis lasse.

À l'idée de ne plus se revoir, Stanislas et François vaguement gênés, la cigarette pendante, laissèrent vagabonder leurs pensées pendant tout un moment. Plus l'instant de se quitter approchait, plus ils se sentaient nerveux dans l'âcre fumée du « papier maïs ».

Ils burent un dernier coup pour se donner du courage, puis François termina son verre d'un trait, s'essuya d'un revers de main, fit ses adieux à la mère Pompon et sortit. Stanislas se leva aussi tout naturellement.

Dans la cour, ils suivirent des yeux les hirondelles stridentes qui donnaient un ballet vertigineux, frôlant le sol sur quelques mètres, et disparaissant avec précision.

– Alors mon vieux, tu *vins* ou tu *vins* pas à Cherveux? demanda encore François.

– Je vais réfléchir, répondit Stanislas, je rentre à la maison et si je ne trouve rien, je viens.

Indifférents aux autres, les deux soldats se donnèrent sans façon l'accolade fraternelle avec autant de tendresse véritable que deux enfants, mais avec beaucoup moins de grâce. C'était deux museaux barbus se frottant l'un contre l'autre au milieu de la rue, liés par la plus constante amitié.

Puis, après cette franche accolade, ils se séparèrent.

Au détour de la route, Stanislas promena autour de lui un regard anxieux, puis, en se retournant, il regarda dans une attitude pensive, la grande caserne qui lui rappelait ses dernières années.

De Gérardmer à Jasney son village d'origine, Stanislas avait environ 90 kilomètres à faire; à pied, bien sûr! En ce temps-là, tout le monde allait à pied. Bon marcheur aguerri, les pieds bien enveloppés de chaussettes russes dans ses souliers de l'armée qu'il avait gardés, le chemin ne lui faisait pas peur. Le soir, il demanderait dans une ferme à passer la nuit dans la grange, un morceau de pain et un verre de vin qu'on ne lui refuserait pas, et dans trois jours il serait chez lui.

Son sac contenait peu de choses, quelques vêtements et provisions réglementaires, entre son carnet et ses crayons, un cahier de chansons et monologues. Des chansons de soldats, fortes ou sauvages, œuvres de conscrits jalonnant leur service militaire de tout ce qu'ils avaient entendu, répertoire classique du régiment, hymnes ou couplets inventés ou recopiés, ces refrains qu'on gueulait les soirs de « bordée ».

Mais la chanson n'est-elle pas aussi nécessaire aux hommes pour le moral que le souffle de la respiration au physique ? De tout temps, on a travaillé en chantant, on s'est battus en chantant. Tous les grands mouvements humains, tous les enthousiasmes se sont traduits par des chants.

Beaumarchais a dit qu'en France tout finit par des chansons, et dans l'armée, c'est la chanson militaire et patriotique qui triomphe.

Stanislas était petit de taille, le poil roux, l'œil vif, vigoureux comme un chêne des forêts jurassiennes, gai comme un pinson des bois, toujours un brun de malice et souriant, mais surtout, animé d'un grand courage et de bons sentiments. Sept ans qu'il n'était pas revenu chez lui à Jasney, petit village de 230 habitants, distant de quelques kilomètres de Vauvillers, un canton au nord de la Haute-Saône, un département très pauvre où les habitants étaient appelés des « roule-patates ». Un charmant village pourtant que longeait un ruisseau limpide en sautant de pierre en pierre.

Vauvillers avait été célèbre au XVIe siècle où son seigneur y frappa (illégalement) une monnaie. Le château des Clermont-Tonnerre servait à ce moment-là de mairie.

Stanislas était né en 1851 au moment où les populations des campagnes se prenaient à rêver. Dans leurs rêves, l'accès à l'instruction se révélait, se précisait, et devenait un but à atteindre. C'est ainsi que l'enfant prit le chemin de l'école à 5 ans, en apportant sa bûche l'hiver.

On le voyait partir chaque matin, sa musette lui battant les flancs, sifflant comme un merle, les poches bourrées de cailloux destinés à mitrailler les lapins de garenne qui osaient s'aventurer sur le chemin. À l'école, il travaillait bien et se plaçait dans la bonne moyenne.

Ses copains l'avaient baptisé « l'écureuil » car il était d'une agilité surprenante, grimpant au sommet des arbres en moins de temps qu'il n'en faut pour le dire.

Il en voulait surtout aux pies, ces maraudeuses qui pillaient son cerisier.

À cette époque encore, beaucoup de parents envoyaient leurs enfants à l'école pour se débarrasser d'eux, ou bien ils les retenaient pour différents travaux et ne les rendaient que pendant les quatre ou cinq mois d'hiver.

Car dès l'âge de sept à huit ans, sitôt qu'ils avaient assez de force pour soulever une fourchée de foin, nettoyer les écuries, biner, sarcler ou ramasser les patates, on les mettait au travail. Certains parents faisaient même mieux : ils n'envoyaient pas du tout les filles, prétextant que les femmes n'avaient pas besoin d'être savantes pour tenir un ménage.

En décédant, le père de Stanislas, qui s'appelait Charles, avait laissé une femme et deux enfants en bas âge puisqu'une petite fille était née six mois auparavant. La mère s'appelait Catherine. Petite bonne femme toujours en mouvement, criant sans cesse après son fils, et reportant son affection sur sa fille Mélina.

Stanislas se souvenait que lorsqu'il était enfant et que sa petite sœur dormait, chut ! il ne la réveillait point ; si elle voulait jouer, il jouait. Il grimpait dans le cerisier pour lui donner les plus belles cerises, et quand il essayait de soulever sa sœur dans ses bras pour la remettre à terre, l'enfant riait et recommençait ses cris et ses manifestations de joie, mais la voix sévère de la mère faisait cesser ces affectueuses importunités.

À la maison, on se nourrissait de pains de seigle, de châtaignes, de pommes de terre et de galettes de blé noir ou de sarrasin, de soupes et de choux ; tous ces aliments bien assaisonnés. Le pain durait parfois dix à quinze jours.

Dès l'âge de 8 ans, le petit Stanislas allait avec sa mère vendanger chez les voisins ou garder les vaches, pourtant ce qu'il préférait, c'était l'école. Il savait lire couramment et écrire une page sans trop de fautes. Il aimait aussi courir les champs et les bois, sauter les échalas ou les fermetures de bois en forme d'échelles qu'il enjambait aisément. Mais sa mère le loua dans une ferme et, à partir de ce moment-là, il ne connut plus d'autres travaux que ceux des champs. C'était toujours par intermittence, parfois un mois de travail, deux mois d'arrêt, ou vice-versa.

Petit journalier dès son plus jeune âge, il avait appris à se méfier des autres. On le commandait, mais on ne lui parlait jamais.

Lorsqu'il eut 18 ans, las d'être ballotté de droite et de gauche chez l'un ou chez l'autre à ne rien gagner, il songea alors à s'engager dans l'armée.

Son rêve était d'être recruté dans l'armée de Napoléon III. Mais, à moins d'être désigné d'office ou que quelqu'un ne l'achetât, il lui fallait attendre.

Le recrutement se pratiquait par tirage au sort, mais on fermait toutefois les yeux sur certaines possibilités de se faire remplacer moyennant finances, sous le couvert de transactions privées, homologuées par contrat.

Bien des familles fortunées préféraient se séparer de quelques pièces de bétail ou même d'une parcelle de terre pour payer un remplaçant à leur fils. Mais pour les pauvres, il n'était pas question d'échapper à ce qui seraient les corvées et la gamelle pendant sept ans.

Or à Vauvillers, atteint par le « sort du tirage », le fils de l'aubergiste allait partir pour faire toutes les obligations militaires qui pouvaient lui être proposées par la loi du recrutement. Alors le père, pour garantir son fils de toute obligation militaire, l'assura pour la somme de 800 francs, forfait qu'il devait donner à son remplaçant sous les drapeaux.

Stanislas se présenta donc et fut accepté. Avec la somme que l'aubergiste lui remit, le jeune homme s'engagea alors dans l'armée des Vosges.

Sa plus grande peine fut de quitter sa sœur qui avait deux ans de moins que lui et qu'il aimait beaucoup.

Après avoir quitté François, le jeune homme prit la route qui longeait une rivière et menait au « saut de la bourrique » (pourquoi ce nom ?), une route en lacets, très accidentée et en mauvais état, bordée de nombreuses cascades s'écoulant bruyamment de rochers en rochers parmi une végétation luxuriante.

Puis il franchit plusieurs cols à travers les immenses forêts de sapins qui entouraient sa route pour arriver à Peccavillers où il voulait s'arrêter chez un camarade. C'est donc bien reposé, qu'il repartit le lendemain matin pour continuer sa route et traverser la Moselle.

Sept ans ! Qu'allait-il trouver en arrivant chez lui ? Sa sœur serait-elle là ? Il cherchait à s'en persuader lui, Stanislas Bontems, soldat pendant sept ans, marchant résolument vers son village natal.

Il aurait pu prendre la diligence qui l'aurait déposé près de chez lui, mais il avait désiré ce départ solitaire. Ainsi, il reprenait contact avec cette terre qui l'avait tant bousculé autrefois.

Maintenant, il la regardait avec des yeux nouveaux, en traînant ses mauvais souliers, sa vieille capote de drap grossier, cette fidèle compagne de guerre pliée sur son sac.

Il faisait très chaud, le ciel n'offrait pas le plus léger nuage, le soleil d'août lui cuisait le visage mais il ne se lassait pas d'examiner cet espace d'où pouvait jaillir tant de beautés champêtres.

Pendant plusieurs kilomètres, il longea la Combeauté, affluent de la Lanterne qui se jette dans la Saône.

Aux portes de la Franche-Comté, la Haute-Saône se distingue par la grande diversité de ses paysages. Des paysages verdoyants avec leurs villages au caractère typiquement franc-comtois dont une partie à l'est était dénommé « la petite Finlande ».

À l'ouest, le département est baigné par le cours de la Saône, qui s'étend sur 139 kilomètres avant de rejoindre la Bourgogne. À l'est, la moyenne montagne du massif des Vosges que quittait notre voyageur.

À cette époque, les communes du département avaient édifié de nombreux lavoirs et fontaines dont quelques exemples étaient magnifiques. C'était une promenade de fontaine en fontaine.

Beaucoup d'artisans y végétaient (travaux du cuir, du chanvre, du fer et de la dentelle). Au fait, Mélina faisait- elle toujours de la dentelle ? Il revoyait sa sœur, assise dans un coin de la maison près de la fenêtre, exécutant de très jolis motifs de dentelle en fil de lin blanc avec des variantes de points de feston.

Stanislas songeait au lendemain avec l'incertitude des saisons, de la pluie et du beau temps, au travail qu'il faudrait reprendre.

Le travail ? Mais oui. Qu'allait-il faire ? Pas de métier, sauf celui de soldat. Il allait retrouver le souci des granges vides, des pressoirs sans raisins, des troupeaux errants sur les pâtures trop sèches en cette saison.

Justement il se disait : « Les prés sont bien secs ici, et les blés sont coupés, il faudrait de la pluie maintenant. »

Dans la région de Fougerolles, on s'activait pourtant dans les « chalots », greniers à grains traditionnels, réalisés entièrement en bois et recouverts d'un toit en lave de grès.

Le jeune homme s'abandonna un moment à la tristesse et tout à coup, un nom lui sauta à la figure : Cherveux. Son camarade François ne lui avait-il pas dit que là-bas, dans les Deux-Sèvres, il y avait du travail pour tout le monde.

Il n'y a pas de triste époque, il n'y a que de tristes gens, et il n'en est pas. Les enfants gais et chaleureux sont les enfants de l'amour nés des accordailles des sous-bois, sous le patronage des oiseaux, ce qui manquera toujours à ceux conçus d'étreintes maussades et rechignées.

Personne dans les champs, pensa-t-il, il est vrai que la nuit ne vient pas vite à cette saison et il est encore tôt.

Depuis le matin Stanislas avait fait 32 kilomètres. Il lui en restait encore autant. Allons, un effort, marche mon gars ! Une ferme se présenta là-bas, au bout de la route.

– Bonjour monsieur le métayer ! Est-ce que je peux dormir dans votre grange cette nuit ?

– Mais bien sûr ! On ne refuse pas à un soldat qui rentre à la maison. Tu as sans doute faim, viens manger une croûte.

– Merci monsieur.

Et le lendemain, frais et dispos, Stanislas attaqua les derniers kilomètres.

La route passait par toutes les bosses du terrain, ce qui permettait au jeune homme de jouir au maximum de l'air pur et de la vue du paysage.

Calme, mesuré, harmonieux, ce paysage de France était ravissant. Des collines ondulaient à l'horizon, se confondant presque avec l'azur du ciel que voilait la vapeur d'un après-midi d'été.

Des bouquets d'arbres dressaient leur architecture d'un vert différent, et un petit clocher pointait sa flèche au loin.

Comme il arrivait dans une région qu'il connaissait, il évitait les détours et certaines routes, prenant tel petit chemin, sautant un échalas et gagnant ainsi quelques kilomètres. Il s'arrêta un moment près de la rivière, la Semouse, et plongea ses pieds dans l'eau fraîche.

Puis Stanislas repartit ; il ne sentait plus sa fatigue, tout ce qui l'environnait l'enchantait.

Derrière une haie, une petite vieille surgit tout à coup devant lui comme une taupe sortant de terre. Déjà il avait vu des chèvres broutant à tort et à travers sans s'inquiéter des propriétés. La paysanne mit la main sur ses yeux et regarda l'arrivant. Quand il fut à proximité, elle s'écria d'une voix cassée :

– Et pas possible ! C'est le fils à la Catherine !

L'ayant reconnue lui aussi, il plaqua deux baisers sur les joues ridées, donna une tape aux chèvres et repartit.

Enfin il arriva à Jasney (on finit toujours par arriver) comme la moutarde après dîner ; il reconnut les quelques maisons basses autour des trois fontaines de granit, l'école jouxtant la mairie et deux ou trois autres bâtisses avec de grands porches donnant sur la cour.

Le bourg, surmonté de son clocher roman, trapu, en coupole de tuiles vernissées se prélassait dans sa sérénité avec ses champs nus où l'avoine et le maïs n'existaient plus, ses bocages, ses bois et ses fermes éparses.

La place était fraîche sous l'épaisse voûte d'ombre que lui faisait le feuillage du marronnier. Au grand lavoir, des femmes s'activaient à brosser, battre, tordre leur linge et bavarder. L'une d'elles remarqua ce voyageur qui s'était arrêté pour les regarder, cherchant à savoir qui il était, ce qui fit tourner la tête aux autres qui dévisagèrent aussi l'arrivant. Soudain, la plus âgée s'écria : « Mais on dirait le Stanislas à la Catherine ! »

Pour lui donner raison, le jeune homme lui fit un signe d'amitié et reprit sa marche, ayant hâte d'arriver chez lui.

« Et la jeunesse, où se cache-t-elle ? » pensa-t-il.

À la sortie du village, une jeune fille déboucha d'un pré. Elle eut un sursaut de surprise et s'écria :

« Le Stanislas ! » Et elle se précipita dans ses bras. C'était Mélina, sa sœur. Mais comme elle avait changé !

Elle ne prêta aucune attention à l'allure presque misérable de son frère ni à sa lassitude. Ils se regardèrent un moment, tout émus, presque embarrassés.

– Quelle chance que tu reviennes ! Je me suis tellement ennuyée sans toi !

Stanislas ressentit pour elle la même tendresse qu'autrefois. C'était une lumière éclairant tout à coup le chemin du retour.

– Que fais-tu ici ? lui demanda-t-il.

– Je garde les vaches du voisin.

Puis elle regarda son frère en souriant.

– Comme je suis contente que tu sois enfin là !

Mélina faisait plaisir à voir. Il suivit un instant la silhouette dansante de la jeune fille. Ses petits pieds nus dans ses sabots de cuir, elle ressemblait à une paysanne d'opérette. C'était drôle tout de même de se revoir au bout de sept ans.

– Je te reconnais bien dit-elle, mais tu dois être fatigué, va à la maison, je vais rentrer vite et tu me raconteras.

Elle le regarda partir, le buste penché, la jambe un peu traînante.

La maisonnette était toujours là, pauvre, vieille et laide comme autrefois. Elle était bâtie au coin du Grand bois, les murailles avaient d'innombrables lézardes et la mousse rongeait le toit.

Le soldat s'arrêta sur le seuil. La porte était ouverte, à genoux devant la cheminée, sa mère soufflait sur les braises ensevelies dans la cendre. Quand la flamme eut jailli, il dit simplement : « Mère, me voilà. »

La vieille paysanne se redressa lentement, comme hésitante à le reconnaître et, passant ses deux mains sur les épaules de son fils, elle le regarda longuement avant de l'embrasser.

– T'as pas tellement changé, murmura-t-elle d'une voix tremblante, tu fais plus homme. T'as fini ton temps ?

– Oui, j'ai fini.

Il posa son sac à côté de lui, ressortit pour taper ses pieds sur la pierre de l'entrée et s'assit. Il n'était pas rasé, arborant une barbe qui débordait de la largeur de son nez.

Puis le silence se referma sur eux ; ils n'osaient rien dire de peur de trahir leurs propres sentiments car ils ne ressentaient que gêne et indifférence.

– J'ai faim, dit enfin Stanislas en s'asseyant à la table.

– Y'a un restant de soupe et puis du lait et du fromage.

Maintenant il regardait autour de lui et il retrouvait tout. Rien n'avait changé, les torchons étaient toujours au coin de la cheminée, les sabots n'avaient pas bougé à côté de la porte, la lampe sur le bout de la cheminée, et le vieux fauteuil était peut-être un peu plus crasseux.

Jusqu'à l'arrivée de Mélina, le silence fut de plus en plus lourd. La mère ne posait aucune question à son fils qui pourtant, aurait bien voulu parler. Stanislas ne pardonnait pas cette passivité et il se souvenait qu'autrefois, les scènes familiales semblaient la laisser indifférente.

Auprès de sa sœur il s'informa alors des événements qui s'étaient passés à Jasney pendant son absence, mais comme autrefois, l'ouvrage ne pressait pas. Le village ne pouvait pas nourrir ses enfants. Pour ceux qui ne possédaient pas de terre comme Stanislas, c'était la misère, contraints d'errer sans cesse à la recherche d'un travail journalier.

C'était ensuite des questions sur les voisins et leurs connaissances. Quant à Mélina, elle faisait toujours de la dentelle, mais les commandes n'affluaient pas beaucoup depuis que les machines avaient remplacé le travail manuel. Alors elle s'occupait comme elle pouvait ; on l'employait pour garder les vaches ou pour quelques travaux de ferme, lessive, surveillance des enfants, gardiennage divers, tout en soulageant sa mère pour les travaux les plus pénibles.

Elle ne vivait que d'hypothétiques journées, ce qui restait un moyen d'échapper à la misère dans l'incertitude du lendemain.

Elle parlait avec ardeur, donnant ses raisons, ne formant aucun projet d'avenir, tout en fouillant dans le sac de son frère. Mais malgré l'insistance de Mélina, celui-ci ne voulut pas lui confier son cahier de chansons. Peut-être trouvait-il que ce témoignage de guerre, la plupart du temps commencé au repos sur un ton naturel et provoquant, parfois antimilitariste, ne convenait pas à une jeune fille.

– T'as pas été trop malheureux ? demanda Mélina.

– Non ! Et puis, j'vas me rattraper maintenant.

– Tu te souviens-ti quand t'es parti ?

– Oui, mais rien n'a changé, c'est quasi, sauf que les jours se vident comme des pots.

Pendant que la mère observait une totale indifférence au retour du soldat, le frère et la sœur parlèrent longtemps assis sur le banc de pierre devant la maison.

– Je crois que le monde change, dit Mélina.

– Tu vois le monde changer, toi ? demanda son frère, inquiet. Quel monde ?

– Ben, le monde… les gens…

– Faut voir alors !

De temps en temps Stanislas se grattait le front sous sa casquette et réfléchissait. Comment raconter sept ans de caserne ?

Sa lutte à lui, son histoire, ses sept années de soldat dont il sortait aussi pauvre, peut-être les avait-il vécues par la pensée plus que par les choses. C'était trop long, trop compliqué, trop chargé de souvenirs ; sa tête en était si pleine qu'il ne savait plus rien dire, lui qui d'habitude était si volubile.

Pourtant il se souvenait de certains jours très longs, jours effrayants vécus parmi les pierres brûlées. Il se rappelait lorsque son régiment montait en ligne pour essayer de trouver au fort de Kertoff un abri précaire contre les tirs de barrage. Chaque nuit, avec la relève, partaient de ce fort des équipes de brancardiers qui ne revenaient pas toujours. Puis le poste de secours où s'agitaient de blancs fantômes, infirmiers aux mains rouges de sang, tandis que les blessés se lamentaient et que d'autres, plus courageux, portaient leur douleur comme on porte un drapeau.

Comment décrire ces scènes ? Le jeune homme ne pouvait pas, et pourtant, qu'il vive cent ans, il ne pourrait jamais les oublier.

Les dangers qu'il avait côtoyés et les inextricables difficultés qu'il avait rencontrées lui paraissaient si lointains qu'il ne pouvait expliquer le pouvoir de la fatalité et celui du destin. À ce moment, sa mémoire ne lui retraçant rien de précis, il était incapable d'en parler.

D'ailleurs, il n'échangea guère ses réflexions les jours suivants tout en consultant le journal de la région *L'Écho de l'Est*, mais aucune offre d'emploi lui convenant n'était mentionnée.

Pendant plusieurs mois, il dépendit donc de sa mère qui ne comprenait pas que son fils ne parte pas au boulot chaque matin avec son casse-croûte dans sa musette et qui pourtant aurait voulu manger à tout moment, ce qui la faisait mettre en colère.

– Tant pu tu manges, tant pu t'as faim, toi ! lui disait-elle.

Elle surveillait alors ses maigres provisions, il fallait faire durer et elle s'arrangeait pour ne faire qu'un repas par jour avec du pain, des noix ou des patates.

Enfin Stanislas eut successivement plusieurs employeurs qui ne s'inquiétèrent point de le garder. Il passait trois jours chez l'un, huit jours chez l'autre, souvent confiné dans des besognes subalternes, pourtant, malgré le passage à la caserne, il n'avait pas perdu la main.

On l'embauchait pour couper une haie d'épines ou abattre un chêne têtard, bêcher le jardin, pas besoin d'être un grand ouvrier, mais ensuite aux jours de repos, il retombait dans son isolement.

Il restait un journalier à la merci des travaux saisonniers, et qu'est-ce qu'un journalier dans l'attente d'un travail, sinon un miséreux.

Stanislas ne gardait rancune à personne, ni étonné, ni indigné. Cependant, lorsqu'on lui traçait son travail, c'était toujours sur un ton qui marquait la différence entre le patron et le journalier. Des patrons gras du bide qui engueulaient tout le monde pour faire croire qu'ils avaient de l'autorité. Bien sûr il n'avait rien à lui, ni terre ni place ni métier, il n'avait que sa jeunesse.

La misère des pauvres gens était rivée à cette existence morne, terre à terre et sans espérance. Après avoir travaillé quelques mois à faire du bois dans la forêt domaniale de Belle Vaivre, au printemps, il fut de nouveau au chômage et ne croyait plus à la possibilité de retrouver un vrai travail.

Bien que cela ne lui convînt guère, il avait néanmoins essayé, sans résultat, de se faire embaucher à Passavent-la-Rochère, à quelques kilomètres de chez lui, dans la plus ancienne verrerie d'art de France, fondée en 1475. Mais là aussi, on n'avait pas besoin de lui.

Cela faisait huit mois qu'il était de retour et aucun projet ne se profilait à l'horizon, alors un matin, il s'était réveillé en se disant, je m'en vais ! Et rien ne pouvait plus le retenir.

C'était décidé, il partirait dans les Deux-Sèvres où son camarade François l'attendait. Cette idée ne l'avait pas quitté depuis son retour de l'armée. Pourquoi rester plus longtemps ici où il n'y avait aucun avenir ? Le mois d'avril arrivait, c'était la bonne saison pour voyager et trouver du travail en route pour subsister.

Cette fois, après avoir mûrement réfléchi, sa décision était bien prise, il s'en irait. Balayées les attentes sans résultat, oubliées les sinistres annonces sans suite. Après des mois à ne pas pouvoir commencer une vie d'homme, il était temps de réagir.

Il s'acheta une carte, fit un itinéraire et rassembla son baluchon. Bien sûr, cet itinéraire serait probablement abandonné au destin.

– Il y a un endroit qui m'attend, se dit-il ; il y a toujours un endroit qui vous attend.

La veille de son départ, Stanislas suivait songeur, non loin de Jasney, un étroit sentier qui courait entre deux haies. Il n'avait encore rien dit à sa mère et à sa sœur. Mais lorsqu'il revint à la maison, il prit Mélina à part en lui disant : « Je vais te dire quelque chose la Mélina, je pars demain au lever du jour. »

– Tu pars où ?

– À Cherveux, dans les Deux-Sèvres.

– Dans les Deux-Sèvres ? Mais c'est du côté de l'océan Atlantique !

– Oui.

– Mais comment vas-tu là-bas ? Tu n'as pas d'argent.

– À pied.

– Tu es fou.

– Peut-être, mais je m'en vais, je suis décidé. Là-bas, paraît-il qu'il y a du travail.

– Et comment le sais-tu ?

– C'est mon camarade François qui me l'a dit et qui m'attend.

Elle le regardait, interdite, alors il lui prit la main car il voyait des larmes au coin des yeux de Mélina.

– Plus tard, lorsque je reviendrai, je te raconterai le pays…

– C'est affreux Stanislas, je ne te verrai plus.

– Mais si, je reviendrai. Tu comprends, il faut que je travaille, j'ai 26 ans.

– Bien sûr, répondit-elle, mère le sait ?

– Non, pas encore parce que je compte sur toi pour lui dire.

– Elle va râler.

– Sûr ! elle râle toujours, sauf avec toi.

Elle eut un pauvre sourire et se jeta dans les bras de son frère. C'était une douce et pénétrante journée, le frère et la sœur, soudain silencieux, laissaient errer sur le pays leurs yeux contemplatifs, chacun les reportant à la dérobée sur l'autre. Puis ils repartirent tous les deux vers la maison.

Le lendemain matin, à cinq heures, Stanislas partait, un simple baluchon accroché au bout d'un bâton appuyé sur son épaule. Sur la place du bourg, ce petit coin du monde à qui il disait adieu, personne.

C'était le 12 avril 1877.

Il faisait froid, la nuit était encore sombre, une pluie fine et serrée commençait à tomber, fouettée par un subit vent d'ouest. Bien enveloppé dans sa vieille capote sans forme et sans couleur, ne se pressant guère, sachant que la distance était longue, il se doutait qu'il en avait pour plusieurs mois, peut-être un an ou deux suivant les circonstances. Oh ! sûr qu'il allait en baver, qu'il avait même toutes les chances de ne pas poursuivre jusqu'au bout.

Il avait perdu son allure de soldat et marchait à longues enjambées en se dandinant. Le jeune homme regardait les ombres bizarres des arbres éclairés par la lune, et parfois, apercevait au loin quelques pauvres maisons. Il s'absorbait dans ses pensées, ne prenant pas garde au chemin, de telle sorte qu'il s'égara au milieu des champs. Après une demi-heure de marche, Stanislas arriva à l'extrémité du chemin qui se resserrait entre deux collines boisées et déboucha dans une petite vallée verte et riante, semée çà et là de métairies qui se dérobaient à demi sous les ombrages des ormeaux et des chênes.

À ce moment, il s'aperçut qu'il n'était plus seul sur la route ; un homme à cheval le dépassa à vive allure. Le cavalier parcourut avec rapidité un grand vallon aux sentiers verdoyants, puis disparut derrière un bouquet d'arbres. Le jeune homme força le train comme s'il voulait rattraper le cheval, pendant que le jour commençait à poindre derrière lui.

Il voyait maintenant d'un côté, le vieux bourg de Mélincourt avec ses maisons à tourelles, ses ruelles étroites, et de l'autre côté, une pente de sapins recouverts de givre. Qu'était-il venu faire dans ce canton perdu aux étroites vallées qu'écrasaient des coteaux tout proches ?

Et, comme il arrive dans les circonstances tragiques où la vie afflue au cerveau, il résuma ses dernières années. La nécessité avait gouverné sa vie, et elle continuait à la gouverner puisqu'elle l'envoyait si loin de sa terre natale.

Pourtant, il était curieux de la vie et du travail de son pays ainsi que des coutumes de la région, mais la région ne le lui rendait pas. Les bûcherons, les scieurs, les bergers et les paysans du pays d'en haut, aussi bien que ceux des collines, s'adressaient à peine la parole, ceux-ci jalousant les « richards » du pays d'en bas qui les méprisaient profondément.

Et dire qu'il y a des gens pour partager le monde en deux ; les ceux d'en haut et les ceux d'en bas ; les pour et les contre, quoi !… Les loucheurs à droite et les loucheurs à gauche.

Bien sûr, il ne manque pas de gens qui doutent d'eux-même, qui doutent de tout, et qui envisagent leur avenir avec une crainte extrême, s'imaginant déjà trébucher sur des obstacles à prévoir.

Lui n'avait rien à perdre, rien ne pouvait le toucher, et il avait décidé que rien ne le rebuterait. Il partait le sac au dos, sinon pour faire fortune, du moins pour travailler, la tête emplie d'illusions et d'espérances.

Il s'en allait à travers champs, à travers bois, se rassasiant de sa liberté, s'émerveillant devant les nombreux cerisiers en fleur, tout en cherchant encore ce que les hivers avaient effacé, la trace des pas dans les labours de printemps, les entailles aux arbres qui avaient été ébranchés, les fossés comblés et les sentiers ensevelis par les ronces.

Là au moins, il était son maître. Là il n'avait peur de rien, ni du soleil, ni de la fatigue, ni des hommes. Et il rit tout haut, tant sa liberté lui était agréable.

Le printemps arrivait en beauté. Le bon Dieu avait fini de plumer ses oies, disait-on; ce qui était la meilleure explication naïve ou imagée de la neige. Celle-ci déjà fondue par larges plaques laissait la terre se réchauffer. Il faisait bon remplir ses poumons de l'air vivifiant des vallons. Les châtaigniers reverdissaient et déjà les troupeaux broutaient l'herbe nouvelle autour des fermes. Succédant au blanc paysage des semaines précédentes, le pays se transformait en devenant beau, calme et serein.

La solitude ne lui pesait pas, mais il s'étonnait de ces espaces vides en ces heures printanières où le travail pousse les paysans dehors par les épaules. Le ciel s'étant dégagé depuis ce matin, il croisait peu de gens qui allaient travailler.

Au lointain, les douze coups de midi sonnèrent au beffroi de la petite ville de Magny-les-Jussey et Stanislas sentit la faim. Il s'assit au bord d'un talus et sortit un gros morceau de pain et un fromage qu'il avait chipés à la maison. Il mangea tranquillement, le regard lointain, indifférent à la vie qui s'écoulait autour de lui.

Il faisait bon sous les arbres et tandis qu'il se reposait, qu'entendit-il soudain? le premier chant du coucou, cet appel étrangement attirant lancé vers quelque chose situé on ne sait où, au loin.

Son ironie le ragaillardit; il siffla comme lui. Le coucou: cocu blanc, cocu noir, gris cocu bourguignon jouait à cache-cache.

« Coucou, le diable te casse le cou ! »

Et le nez vers le ciel, il regardait, appuyé des fesses sur les mains et des mains sur son bâton comme un pic sur sa queue, vers le soleil qui *boulitait* en haut des arbres. Pour Stanislas, rien ne l'effrayait dans son projet, il marchait vers son avenir avec une imperturbable confiance, voulant ignorer le danger ou s'en moquant.

Son but était déterminé, choisi à l'avance et il ne s'en écarterait pas.

Il avait la mine joyeuse de l'homme sûr de lui. Si quelqu'un, par hasard, lui demandait où il allait, il répondrait naturellement: « Je vais à Cherveux dans les Deux-Sèvres. »

« Bon, mais ce n'est pas tout, pensa-t-il un peu plus tard, il faut se trouver un abri pour la nuit. À la prochaine ferme, je m'arrêterai. »

Heureux ceux qui, sûrs d'eux-mêmes, continuent bravement leur route, confiants en leur chance.

La chance, effectivement lui sourit. Il frappa à la porte de la première ferme et fut reçu tout simplement dans une grande salle où flambait un bon feu.

– Pouvez-vous me donner un coin de votre grange, madame? demanda le jeune homme à l'accorte fermière.

– Avec plaisir, répondit-elle, mais auparavant, installez-vous à la table pour manger un bol de soupe, ça vous réchauffera.

Stanislas s'assit, mangea la soupe et, sans s'attarder, alla dormir dans un coin de la grange. Il était fatigué, il avait fait une trentaine de kilomètres.

Le lendemain matin il repartit à l'aube, longeant la Saône, qui se distinguait à peine à quelques reflets luisants en deux ou trois points et à l'enjambement d'un pont. La rivière était tumultueuse à cette saison et les grands arbres nus semblaient s'incliner vers elle.

La Saône prend sa source dans les Vosges et traverse le département sur 130 kilomètres, puis la Bourgogne pour rejoindre le Rhône à Lyon.

Il passa le fleuve sur un vieux pont de pierres, et quand il fut sur l'autre rive, il s'assit sous un arbre qui répandait une ombre légère tamisée par la lumière du soleil, et mangea de bon appétit.

En direction du département de la Haute-Marne, la guerre avait semé l'épouvante dans ces parages. De plus pendant l'hiver, la grippe espagnole avait décimé les familles et rempli les cimetières. Elle s'attaquait surtout aux mâles, comme si la guerre n'avait pas fait assez de dégâts.

Dans l'infléchissement d'un col, apparaissait la riche et plantureuse forêt de Voisey à travers la fumée d'une charbonnière blottie sous les futaies.

Stanislas s'arrêta un moment. Quelque part, un chien aboya comme pour lui dire « au revoir », au loin, une horloge sonna, alors il se leva, remonta son col, et repartit vers la grande forêt qu'il connaissait et où il allait chercher un gîte pour sa seconde nuit.

Il commençait à faire noir lorsqu'il l'aborda, cheminant lentement dans un sentier qui passait devant la maison du garde forestier. Le jeune homme hésita à lui demander asile, puis il repartit en se dirigeant vers le centre de la forêt, espérant trouver une cabane de bûcheron.

À certains endroits cette forêt avait des futaies si hautes, si vastes et si bien fournies de plantes à la racine qu'il était très facile d'y perdre son chemin.

Tout à coup, une lumière pâlotte apparut au bout du sentier et il aperçut un groupe de bûcherons en train de se restaurer près d'une cabane.

En s'approchant, quelle ne fut pas sa surprise de s'entendre interpeller : « Stanislas !... Mais c'est le Stanislas !... Où vas-tu avec ton baluchon ? »

– Louichet !... C'était le Louichet, un jeune des environs de Vauvillers qu'il connaissait très bien.

– Que fais-tu ici à c't'heure ?

– Je vais dans les Deux-Sèvres, répondit Stanislas.

Tous les autres éclatèrent de rire. Dans les Deux-Sèvres !... Mais c'est vers l'océan les Deux-Sèvres, il est fou.

– Pourriez-vous me coucher cette nuit ? demanda-t-il.

– Mais bien sûr ! Et puis, viens manger, mon *gâs*, tu as peut-être faim. Dommage que tu partes, sinon, on t'aurait embauché, on est très en retard dans le travail.

Le jeune homme réfléchit quelques secondes en s'asseyant avec les autres, puis il dit timidement :

– Vous pourriez m'embaucher quelques jours ?

– Mais oui ! Avec plaisir, le printemps arrive et le débroussaillage n'est pas terminé. Nous n'avons pas non plus commencé le désouchage. Reste, ça te permettra de gagner un peu d'argent et après, tu verras.

– Je reste, répondit-il, mais après, je repars.

La cabane était faite de fagots coiffés de fougères coincées sous des plaques de tôle. Ni le vent, ni la pluie n'y pénétrait.

La flambée se faisait toujours dehors. Assis sur des sièges à leur convenance, les hommes mangeaient tranquillement leur repas chauffé sur la braise dans leur gamelle de fer cabossée.

Dans ces pays de l'est de la France, le manque de travail en hiver était une des causes qui éloignaient de la terre les ouvriers ruraux. Dans les régions boisées, il y avait tous les ans les coupes particulières et communales qui sollicitaient de la main-d'œuvre. Les troncs d'arbres à abattre étaient marqués en rouge par les gardes qui, d'ailleurs, inspectaient les chantiers.

Les richesses de la forêt, ses ressources au profit des services publics, procuraient un travail rémunérateur à ces ouvriers isolés.

L'exploitation proprement dite comprenait : l'abattage, le triage par catégories, le façonnage des fagots, le débardage des bois de chauffage et le désouchage pendant que les leveurs d'écorce travaillaient à leur spécialité.

Fin mars on n'abattait plus à cause de la montée de la sève. Alors, on sciait, on débitait, on rangeait en stères, on faisait les fagots. Le printemps arrivait, il fallait que la forêt soit nettoyée.

Stanislas n'était pas emprunté pour tous ces travaux, il avait appris à faire beaucoup de choses et n'était pas maladroit. Courageux, il se fit bien accepter des autres. Ils étaient sept, dont son camarade Louichet. Le soir venu, autour de la cabane, ils chantaient en buvant un verre de vin. Stanislas racontait des histoires, et en plus de sa compétence à raconter, il connaissait aussi de nombreuses chansons. Son cahier n'en était-il pas plein ? Surtout des chansons de régiment comme *La Piémontaise* qu'il affectionnait particulièrement.

Grands Dieux ! Que je suis à mon aise
Quand j'ai ma mie auprès de moi...

Il aimait beaucoup chanter et raconter, d'ailleurs il racontait bien et les autres l'écoutaient avec plaisir en riant des anecdotes de leur compagnon.

Les gens des forêts étaient certes de braves gars, mais parfois aussi des hommes d'ailleurs, marauds ou gars de la route qui ne travaillaient au bois qu'une saison, des chrétiens ou des païens ; mais pour le travail, païens et chrétiens se valaient bien.

Plusieurs jours, les bûcherons travaillèrent, parfois noyés de pluie, transis, dégoulinants, et de toutes façons les mains meurtries, mais aussi enflammées par la gale du chêne ce qui causait plaies et démangeaisons auxquelles il n'y avait pas grand chose à faire.

Néanmoins, notre voyageur y resta 17 jours. Comme le travail était maintenant bien avancé, un matin il dit tout à coup : « Je m'en vais. »

Les autres le regardèrent, interdits, et Louichet alla vers lui en déclarant :

– Tu nous a bien aidés, je vais te donner l'argent que tu as gagné et une paire de chaussures pour remplacer les tiennes quand elles bailleront trop de misère.

– Merci Louichet, répondit le jeune homme.

– Bonne route mon *gâs*, bonne route.

Et Stanislas sortit de la forêt heureux, en sifflotant. Les kilomètres n'avaient qu'à bien se tenir, il allait les avaler en un rien de temps. Puis il se mit à chanter *Auprès de ma blonde* en marchant au pas militaire comme au régiment. Il lui semblait ainsi aller plus vite en se fatiguant moins. Chanter en marchant, c'est marcher sans peine, n'est-ce pas !

Maintenant il lui fallait rejoindre le pays de Langres. Mais le ciel pesant et lourd de la veille amena soudain la pluie. Tout était gris, le ciel, les nuages, les maisons, même les gens qu'il rencontrait ; ses pieds s'enfonçaient dans ce cloaque et à chaque pas ses chaussures devenaient de plus en plus lourdes de boue. Il marchait aussi vite qu'il pouvait pour rejoindre le petit bourg de Vaux-la-douce.

Sous le porche d'un vieil hôtel il fut enfin content de se mettre à l'abri. Il pleuvait toujours à verse et les fossés de la petite route débordaient de tous côtés.

Impossible de partir, et Stanislas commençait à trembler de froid.

– Monsieur, eh ! Monsieur !

Il se retourna à cet appel jeté d'une voix hésitante et vit, debout au milieu de la route, un vieil homme qui battait l'air de son bâton.

– Excusez-moi monsieur, dit le bonhomme, je suis aveugle et depuis plus d'une heure, je cherche mon chien et je n'entend personne, sauf vous quand vous avez toussé. Connaissez-vous le pays ?

– Non, répondit le jeune homme, mais venez donc vous mettre à l'abri.

Lorsqu'il fut sous le porche, le vieil homme raconta qu'en compagnie de son chien, en passant devant un cabaret modeste, il avait voulu déguster un petit vin gai qui ne coûte pas cher. Malheureusement, il s'était endormi et des vauriens avaient profité de son sommeil pour couper la laisse du chien et l'emmener.

– Un si bon chien, monsieur ; il s'appelait Bourriquet. Car ils l'ont emmené, monsieur, emmené de force. De son plein gré, il ne m'aurait pas quitté.

Le cantonnier consulté avait bien vu trois vauriens qui, en riant comme après un mauvais coup, traînaient un chien mouton vers la ville.

Le vieil homme s'était informé partout et d'autres personnes lui avaient dit qu'ils avaient aussi vu un chien effaré, sans collier, ayant tout l'air d'un chien d'aveugle et qui courait les rues.

Désespéré, le bonhomme cherchait ainsi Bourriquet depuis deux jours et quelqu'un lui avait conseillé d'aller voir à la fourrière.

– Pourriez-vous m'y emmener, monsieur? demanda le vieil homme humblement.

Devant l'inquiétude de l'aveugle, Stanislas prit son courage à deux mains car il pleuvait toujours, et ils partirent tous les deux.

L'aveugle marchait, parlant toujours, en tapant son bâton contre les cailloux de la route.

– Vous savez, on enferme les chiens sans maître et on les tue. Comprenez-vous ça, monsieur? Pourvu que Bourriquet n'y soit pas d'hier! Il ne connaît que moi et j'ai besoin de lui.

À mesure qu'ils s'approchaient du but, sa parole se faisait plus émue, et quand Stanislas s'arrêta en lui disant: « c'est là »! le vieil homme le regarda interdit, pris de peur.

Quand ils eurent sonné, un employé à casquette galonnée se présenta aimablement.

– Un chien d'aveugle, tondu en lion? Non, il n'y a pas de chien comme ça. Mais on peut toujours voir…

Il guida les deux hommes vers un chenil à claire-voie où quelques malheureux toutous aboyaient tristement en attendant leur sort. L'aveugle appela « Bourriquet », mais Bourriquet ne répondit pas.

– Votre chien n'est pas là, monsieur, dit l'employé.

Mais l'aveugle était méfiant et il avait raison. Une charrette arrivait devant le chenil et là, on abaissa une trappe à bascule qui faisait penser à une souricière géante.

– Bourriquet! Bourriquet! appela le bonhomme.

À cet appel, un chien s'élança, fou de joie, au-devant de l'aveugle en jappant, en sautant et en se trémoussant d'aise.

Stanislas était émerveillé de voir la tendresse de l'homme pour le chien qui le regardait avec tant de soumission et le suivait, le nez haut, la queue frétillante d'allégresse.

– Je voudrais vous remercier, monsieur, dit l'aveugle en s'adressant à son compagnon de route, mais comment ? Où habitez-vous ?

– Nulle part, répondit le jeune homme.

– Vous êtes un vagabond ?

– Un peu, puisque j'ai une très longue route à faire.

– Vous êtes à l'hôtel ?

– Je n'ai pas d'hôtel.

– Alors, où couchez-vous ?

– Je ne sais pas.

Le vieil homme réfléchit un moment, puis il dit :

– J'ai une petite maison pas très loin d'ici. Venez, et vous pourrez même y rester quelques jours si le cœur vous en dit.

– Avec plaisir, répondit Stanislas.

Il n'avait avancé que de deux kilomètres sur le parcours qu'il avait entrepris, mais ce soir il aurait un abri, un bon feu pour se réchauffer, et une soupe pour le rassasier. Allons, tout se passait le mieux du monde.

L'aveugle était un vieux, très vieux bonhomme. Il habitait une toute petite cabane vieille comme lui d'où se dégageait une odeur âcre. À l'entour, s'étendait un jardin mal entretenu où les herbes poussaient à l'aventure.

À la lueur tremblante d'une chandelle, Stanislas examinait le taudis où traînaient une table boiteuse et une paillasse défoncée.

Il n'était pas tout à fait sûr de vouloir rester, d'autant plus que le chien dégageait une odeur pire que la cabane.

Qu'est-ce qu'il pue ! Mais qu'est-ce qu'il pue ce chien ! pensait le jeune homme, pourtant, il va bien falloir que je m'y fasse !

Le bonhomme lui raconta que dans le village où il était connu depuis un demi-siècle, les gens se demandaient toujours de quoi ils vivaient, lui et son chien.

Il fabriquait du pain une fois par semaine, un pain noir et grossier qui devenait très vite aussi dur que la pierre.

Le dîner se composa donc de ce pain trempé dans du lait que le jeune homme avala avec un peu de difficulté.

Puis, le vieil homme ouvrit la porte d'un placard d'où il sortit une bouteille crasseuse et deux petits verres qui ne l'étaient pas moins.

– Mon garçon, dit-il, cette soupe n'est peut-être pas des meilleures, mais je vais te donner une chose qui te réconfortera.

C'était de l'eau-de-vie que l'aveugle renifla voluptueusement puis, lentement, les paupières mi-closes, il dégusta son tord-boyau.

Stanislas l'avala d'un trait, en faisant une énorme grimace et en crachotant à la brûlure de ce breuvage.

– Je ne te reconnais pas, ricana le bonhomme, tu n'es qu'un gamin. Allez, va te coucher ; prends mon lit, moi je serai bien par terre avec Bourriquet.

L'exiguïté de la cabane leur imposait de dormir très près les uns des autres avec le chien. Le jeune homme s'étendit donc sur la paillasse, mais il ne dormit pratiquement pas de la nuit, respirant une odeur de crasse et de poils tandis que les puces s'occupaient de lui.

Mais qu'est-ce qu'il puait ce chien !

Très tôt le lendemain matin, il remercia le vieil homme de son hospitalité et il s'enfuit.

Rapidement, d'un pas toujours égal, il descendait et remontait les côtes du chemin, jetant un regard soupçonneux sur les gens qu'il rencontrait. Un peu rêveur, habitué dès l'enfance à ne compter que sur lui, il se trouvait heureux malgré tout, bien qu'il estimât que la vie était une pénible affaire quand on n'avait pas de rentes ni de bien au soleil.

Cependant il pensait que les kilomètres qu'il avait parcourus n'étaient rien à côté du nombre incalculable qui l'attendait.

– J'y arriverai bien à ce Cherveux, se dit-il, allez ! marche mon gars ! Marche aujourd'hui, marche demain ; en marchant ainsi, on fait beaucoup de chemin.

Il se souvenait qu'à l'armée lorsque le tambour criait : cric, crac, sabot !

– Cuiller à pot ! répondait les soldats

Il dépassa une jeune fille qui allait au marché, un panier de légumes au bras. Il était dévoré à l'envie de l'accompagner, mais sous quel prétexte ?

Il voulut lui porter son panier, elle refusa et le remercia, émue. N'insistant pas, il continua son chemin à son allure.

Plusieurs jours s'écoulèrent et l'hiver attaqua sa dernière offensive lorsqu'il arriva au pays de Langres qui se situe à la rencontre de trois régions : la Bourgogne, la Champagne et la Franche-Comté, là où la Marne, l'Aube et la Meuse prennent leur source.

Langres est un lieu stratégique, carrefour de nombreuses voies romaines. C'est le pays natal de Diderot, philosophe des Lumières, né en 1713. Pays des sources et des lacs. D'ailleurs Stanislas longea un des quatre lacs réservoirs juste aménagés pour alimenter le canal de la Marne à la Saône.

La route ondulait dans la campagne vallonnée où se dressaient de minuscules villages aux abords des lacs et des forêts. Chaque jour, en passant dans ces villages, Stanislas achetait ce qu'il lui fallait pour manger et chaque soir, il trouvait un coin de grange pour dormir. Mais ses réserves s'épuisaient.

Sur cette route, ce n'était que succession de lacs bordés de bouleaux dans un calme et un silence absolus, la région étant peu peuplée.

Ce qui hantait le jeune homme en traversant des régions boisées, c'était de rencontrer des loups. Il en avait très peur car on lui en parlait souvent. Il faut dire que le département de la Côte-d'Or représentait à lui seul 280 000 hectares de forêts.

Il s'arrêta un soir au bord d'un chemin devant une cabane recouverte de chaume. Un grand figuier l'ombrageait. Il frappa, et presque aussitôt, la porte s'ouvrit. Une femme, au milieu de ses enfants agglutinés autour d'elle lui demanda :

– Que voulez-vous ?

– Rien, répondit-il.

À la vue de ces enfants, il n'avait pas eu le courage de dire qu'il avait faim. La femme haussa les épaules en criant : « Mais r'gardez- donc, bêta ; on s'plante comme ça et on attend… Pé ferme ! »

Puis elle demanda : D'où venez-vous ?

– De la Haute-Saône !

– Et vous allez où ?

– Dans les Deux-Sèvres ! répondit-il.

Elle eut un sourire légèrement moqueur puis elle lui tendit un morceau de pain en lui disant : Allez ! bonne route !

Stanislas prit le morceau de pain presque honteusement et s'enfuit.

Le lendemain soir, après avoir écouté, étonné et pensif, la chanson que faisait la pierre sous le choc du marteau, il entra résolument chez un tailleur de pierre.

C'était un homme musclé et de puissante encolure, parlant peu, mais en qui revivait l'âme ardente des vieux maîtres sculpteurs.

Pendant une heure, gravement assis sur une pierre, Stanislas observait en suivant d'un œil ravi les gestes de l'artiste qui s'arrêta tout à coup pour se rafraîchir à une cruche de grès, alors il regarda le voyageur en riant et lui dit :

« Pierre qui sonne est bonne, pierre qui pleure se meurt. »

Puis il demanda :

– Tu connais le métier ?

Stanislas fit non.

– Dommage, je t'aurais embauché.

– Je veux bien travailler quelques jours, répondit le jeune homme.

Le sculpteur eut un grand éclat de rire.

– Quelques jours ? Que veux-tu apprendre en quelques jours ? Il faut vingt ans pour arriver à tailler sans faute le noyau d'un escalier à vis.

– C'est que, dit Stanislas, je m'en vais dans les Deux-Sèvres travailler et j'ai besoin d'argent pour vivre en chemin.

– Je vois, répondit l'autre, moi, je suis Compagnon du devoir de Bourgogne et je suis parti sur les routes comme toi. Alors reste le temps que tu voudras, je t'apprendrai quelques rudiments du métier et tu m'aideras à remuer les pierres. Je suis vieux et ça me fatigue.

Comme tous les Compagnons du devoir, le vieil homme avait dû construire des églises, des petites églises de campagne devant lesquelles les passants s'arrêtent, se demandant quel obscur architecte a trouvé l'inspiration des âges gothiques ou romans.

Il raconta ses parcours à Stanislas, il ne restait pas plus de six mois, un an, chez ses patrons, apprenant les procédés que l'on se passe de maître à apprenti. Le temps n'avait pas de signification pour lui et l'éloignement guère plus puisqu'il ne comptait pas rentrer au pays. Reprenant son baluchon, il s'en allait chercher plus loin, selon ses capacités professionnelles, un emploi dont il n'était pas en peine.

De bon ouvrier qu'il était, le sculpteur devint donc compagnon hors ligne, taillant à son désir la pierre asservie.

On le nommait : « Bourguignon cœur loyal ». Il avait reçu ce nom à son baptême de compagnonnage. Il restait pauvre et joyeux, joie de la main intelligente d'où l'on voit sortir une magnifique œuvre d'art, joie de l'esprit qui inscrit dans la pierre le caprice de sa fantaisie. Cet artiste était probablement un des derniers adeptes de ces sociétés de travailleurs qui, autrefois, couvraient la France. Il montra à Stanislas trois cannes enrubannées, conquises sur les grandes routes.

Il travaillait lentement mais ce qui sortait de ses mains était parfait. Il se plaisait aux travaux difficiles, aux assemblages de pierres rares et compliquées, mais ces pierres étaient souvent très lourdes, alors Stanislas, dans la force de sa jeunesse les retournait, les approchait ou les changeait de place et le vieil ouvrier le remerciait en souriant.

Tout le temps qu'il resta chez le sculpteur, le carillon, dont il connaissait maintenant les notes et les refrains, berça le jeune homme de l'aube à la nuit. Le granit gris, jaune ou rose, sous l'outil, sonnait comme une cloche, tandis que la pierre tendre rendait un son mat et que le marbre éclatait avec un bruit sec.

Tout ceci remplissait le voyageur d'un respectueux enthousiasme et d'une admiration sans borne.

La maison du sculpteur avec sa treille grimpante, avait un bon air accueillant et Stanislas s'y trouvait tellement bien qu'il ne pensait plus à partir.

Trois semaines étaient passées ; le métier rentrait, mais un matin, il se réveilla avec la nostalgie de la route.

Il fit ses adieux à son maître et celui-ci le remercia en lui donnant son salaire qui n'était pas bien gros mais lui permettrait néanmoins de manger encore plusieurs jours.

Alors Stanislas, avec son bâton et son baluchon, reprit son chemin de sa démarche souple et cadencée. Son idée était de rattraper Vézelay dans le Morvan, mais il avait près de 200 kilomètres pour y arriver et bien plus après pour atteindre Cherveux.

Il se sentait tout gaillard mais il avait trop perdu de temps, maintenant il ne s'arrêterait pas aussi souvent.

En rêvant, le jeune homme marchait à grands pas sur la route qui menait à Grancey où le sculpteur lui avait donné l'adresse d'un de ses amis dans un village peu éloigné de cette ville.

Toutes les espérances confuses et joyeuses entraient en lui avec l'air tiède et léger faisant naître en son cœur un appétit de bonheur qui grandit avec la faim excitée par la marche.

C'était un dimanche de mai, par un soleil déjà puissant qui faisait monter la sève aux bourgeons. Une légère brume s'élevait du lac au-dessus des sapins. Stanislas longeait la route et des pensées indistinctes se pressaient dans son cerveau.

Comme il se faisait ces réflexions, il aperçut une petite auberge, la principale auberge de l'endroit. Il accéléra le pas et entra. Deux hommes étaient déjà là en train de boire le coup et qui le regardèrent d'un air méfiant.

Stanislas s'assit à une table et demanda à manger.

– Ici, on paye d'abord, rétorqua un des hommes qui devait être le patron.

– Mais je peux, fit l'arrivant en sortant sa bourse bien ronde.

– D'où tu sors ? On ne te connaît pas, et cet argent, à qui l'as-tu volé ?

– Je ne l'ai pas volé, je l'ai gagné en travaillant.

Mais devant la mine patibulaire des deux compères, il ressortit rapidement en disant adieu. Comme il s'enfuyait, il entendit une galopade derrière lui, c'était les deux lascars qui le poursuivaient, sans doute pour lui faire un mauvais coup.

Il prit donc ses jambes à son cou en pensant : « Oh ! mes gaillards, vous ne me rattraperez pas ! » car, sachant marcher, il savait courir aussi et il eut tôt fait de semer les deux autres.

Quel idiot il avait fait d'entrer ainsi dans cette auberge sans prendre ses précautions. Le sculpteur l'avait pourtant mis en garde en lui signalant que les vagabonds qui sollicitaient la charité publique ne manquaient pas de laisser sur les murs extérieurs des maisons et des auberges des signes convenus pour renseigner les mendiants à venir.

Par exemple, un O signifiait qu'on donnait quelque chose ; par contre, pour un X on ne donnait rien, un petit marteau voulait dire une aumône contre un travail. Stanislas avait pourtant noté tout cela. Cette auberge aurait mérité le petit rectangle avec le point au milieu, signifiant : *Propriétaire brutal.* La prochaine fois, il se méfierait.

En se hâtant sur le chemin le jeune homme prit ce qu'il croyait être un raccourci, à peine un sentier de chèvres et soudain, le bruit des clarines d'un troupeau le guida vers une ferme d'élevage.

Le clocher sonnait sept heures lorsqu'il arriva dans la ferme. La servante s'agitait pour donner à manger aux bêtes car la nuit arrivait. Le chien se mit à aboyer furieusement et Stanislas s'arrêta au milieu de la cour.

Une voix de femme cria de l'intérieur de la maison :

– Assez, Finot !

Le chien se tut, et la ménagère sortit en s'adressant au chien : « Vilaine bête, tu vas réveiller la p'tiote ! »

Puis elle demanda au voyageur : « Que voulez-vous ? »

– Je voudrais un petit coin pour dormir.

Sur le seuil, la pipe aux lèvres, le bonnet de coton rabattu sur les yeux, un bonhomme apparut se dirigeant vers l'étable. La fermière alla vers lui, lui parla tout bas, fit la moue, esquissa un geste vague, puis elle désigna à l'arrivant une énorme meule de foin.

– Vous pouvez dormir là-dedans si vous voulez.

Stanislas se trouva bien content de l'aubaine.

Le lendemain soir, on lui ouvrit un préau d'école où il put se reposer, et un autre soir il aperçut un village abandonné. Dans cette région dure, un coin pauvre et perdu de ce département, c'était un ancien village fortifié. Ce petit patelin qui s'appelait La Garde, nom presque illisible sur un panneau de bois vermoulu offrait à la vue de Stanislas ses toits crevés, ses ruines et sa désolation. Des maisons vides, closes. À l'intérieur, c'était la nuit. Les cheminées étaient bouchées par la suie, on ne voyait rien aux carreaux des fenêtres épaissis de strates poussiéreuses.

Il trouva ce village abandonné plus triste qu'un cimetière. Il n'y avait personne, ni dessus, ni dessous, que le spectacle de l'abandon, de la misère, de la fuite, de tant de travail perdu.

Cet abandon se justifiait sûrement par la dureté du climat, l'absence de routes, la difficulté des cultures, et aussi par la puissance attractive des grandes villes. Mais quand les grandes villes congestionnées n'auront plus assez de légumes pour faire la soupe, qu'adviendra-t-il ?

Stanislas pensait à tout cela en s'étendant sur un vieux tas de foin, sous un hangar à moitié démoli.

Il dormit mal, trop oppressé par ce silence lugubre. Quand il se réveilla, une douleur lancinante lui étreignait le front. Lorsqu'il se remit en route, la douleur cessa et, après avoir fait 72 kilomètres depuis trois jours, il arriva enfin à Grancey. Il se jeta au pied d'une vieille meule, non loin du chemin. Surexcité par la fatigue d'une marche longue et pénible, il se réveilla plusieurs fois pour se souvenir avec amertume qu'il n'avait rien à se mettre sous la dent.

Il reprit donc sa marche plus rapidement pour arriver au bord d'un ruisseau large et profond qui courait, rapide, entre deux vallons, se précipitant en une cascade dont Stanislas entendait le murmure sourd et rapproché. Il s'y désaltéra longuement, puis il parvint au sommet d'un coteau dominant une petite vallée entourée de monticules où se distinguait nettement le village de Barjon.

C'était ici qu'il devait s'arrêter chez les amis du sculpteur et il déboula aussi vite que s'il venait de franchir le cap Horn.

Stanislas saisit à deux mains le lourd heurtoir de fer et le laissa retomber sur le gros clou à tête large qui servait d'enclume. Un bruit éclatant retentit, roula, fut longtemps répercuté par l'écho, et s'éteignit enfin.

– Qui va là ? demanda une voix rauque, comme cassée.

– C'est un voyageur qui demande l'hospitalité.

Au même instant, la fenêtre du premier étage s'ouvrit et la vénérable figure du curé de Barjon se montra, éclairée par le clair-obscur du soleil couchant.

– Qu'est-ce qu'il y a ? demanda-t-il à son tour.

Mais la servante avait déjà fait tourner la clé dans la serrure et le visiteur, ayant franchi le seuil du presbytère, fut introduit dans la cuisine.

Il en surgit brusquement une silhouette noire et trapue. Quelle ne fut pas la surprise du voyageur de se retrouver devant un curé, machinalement, il retira sa casquette.

– D'où viens-tu mon garçon ? demanda le curé en regardant Stanislas. Assieds-toi, et tu me diras ce qui t'amène.

Le jeune homme lui donna toutes les explications nécessaires, pendant que la servante s'écriait :

– Courir les routes à des temps pareils !

Stanislas ne pouvait se défendre d'une certaine curiosité à se voir dans la demeure d'un de ces hommes qu'il n'avait jamais approchés et qu'il détestait. Il avait toujours considéré les curés comme des gens hypocrites qui voulaient vous soumettre à leurs règles avec la peur, la peur de l'enfer.

Et puis, en vertu de leur propre obsession, ne mettent-ils pas toujours l'accent sur le péché de la chair ? Il est vrai qu'ils vivent dans la solitude et la privation.

Mais le prêtre qui se tenait devant lui avait dans son maintien quelque chose d'humble, de simple et de loyal qui inspirait confiance.

– Adèle va te préparer de l'eau chaude pour te laver, dit encore le curé, sois prêt dans une heure… Tu mangeras la soupe avec nous.

Quand le jeune homme redescendit sur la pointe de ses godillots, le couvert était mis dans la cuisine. La bonne l'attendait patiemment derrière son fourneau. Il s'excusa de son retard.

– J'ai l'habitude, répondit-elle. Ici on dit : chien de boucher, coq de meunier, bonne de curé, sont toujours sûrs d'être gâtés. Moi, je suis la vieille Adèle des casseroles.

Le curé avait sorti une bouteille cachetée et emplit le verre de Stanislas avec précaution.

– Pour une fois que je reçois une visite, dit-il

– Mais vous ne buvez pas monsieur le curé ? Il avait dit : monsieur le curé.

– Je ne touche jamais au vin, répondit l'abbé.

Ces curés quand même ! Stanislas était stupéfait. Il se sentait bien. C'était peut-être son premier bon moment depuis son départ.

La conversation se poursuivit en buvant le vin blanc du pays, sec et pétillant. Décidément, c'était un envoûtement dont pourtant il se méfiait. Ce soir-là, il mangea une bonne soupe avec des légumes et une tranche de lard. Après avoir ouvert son couteau, creusé un grand trou dans le pain, mis la tranche de lard, il dévora le tout, sous l'œil attendri de la servante et du curé.

– Tu dois être fatigué mon garçon, reprit celui-ci après que le jeune homme se fut rassasié. Va te coucher, un bon lit t'attend dans la chambre à côté. Demain, tu reprendras la route. Bonne nuit !

Stanislas était époustouflé par tant de gentillesse et de générosité. Lui qui n'était pas assidu de l'église s'étonnait de la manière qu'avait cet homme, et la manière venait du cœur, tout comme la générosité. Il pensait que ce curé, c'était la bonté et l'honnêteté mêmes, secourable, charitable, sans souci de pratiquant ou non. À ce moment-là, il admettait que ces prédicants n'étaient pas aussi mauvais qu'il voulait bien le prétendre.

Il pensa même qu'il mettait peut-être trop facilement les curés à toutes les sauces en dénigrant le « fricot » de la paroisse. Et puis, combien de fois n'avait-il pas déclaré que les curés donnaient plus d'importance aux fesses qu'à l'âme.

Lorsqu'il se réveilla, vaguement étonné de se retrouver déshabillé, couché dans un lit de plume, dans une chambre paisible où rien ne lui était familier, il se souvint alors et vivement, sauta du lit. Son ardeur de vie submergeait.

– Ça va-ti ce matin mon ami ? lui demanda son hôte.

– Ça va monsieur le curé, j'ai formidablement bien dormi. Et vous ?

– Ça va comme veut le bon Dieu.

– Je ne vais pas à l'église, dit le jeune homme à son bienfaiteur, mais je vous promets de respecter la religion, la religion de ceux qui se sentent seuls sans elle.

– Bien sûr ! répondit le curé, il y a ceux qui se sentent seuls sans elle et il y a ceux qui n'ont pas besoin de Dieu. Mais Dieu n'abandonne pourtant jamais personne, croyez-le.

– monsieur le curé, comment vous remercier de votre accueil ? (Il avait encore dit : monsieur le curé.) Je vais partir, mais j'emporterai un souvenir inoubliable de votre bonté.

Le curé répondit simplement :

– J'ai été content de te recevoir.

Puis il lui souhaita bonne route après que le voyageur eut pris un bon déjeuner, pendant que la servante remplissait son baluchon de pain et de lard.

Le jeune homme prit la direction de l'ouest et s'engagea sur la route qui menait à Montbard.

Il ne s'était jamais senti aussi heureux que sur cette route ensoleillée. Vivre en pleine nature réveillait l'atavisme terrien du jeune homme. C'était la grande échappée vers le rêve, les solides réalités de la vie à la campagne et les simples bonheurs qu'elle comporte.

Il partit donc en sifflotant non loin de la source de la Seine qui s'étirait au pied des collines boisées. Il marchait vite, le pas assuré, les pieds soigneusement enveloppés dans de la toile propre, chaussé des godillots que lui avait remis son copain Louichet. Ils étaient solides ces godillots, à peine déformés après 200 kilomètres. Si absorbé par les images qui flottaient sur la rivière qu'il oubliait de remarquer où il allait, où il était. Mais où diable ce chemin peut-il aller ? Suivons-le quand même.

En fin de journée, il se trouva à la lisière d'un bois, sous les ramures d'un chêne, immobile, debout et bayant aux corneilles. Il en prit alors son parti et, s'étendant sur l'herbe, il logea cette nuit à l'enseigne de la lune. Avant de s'endormir, il se rappela tout à coup une phrase que le bon curé de Barjon lui avait dite : un brave homme ne vaut pas cher. Il faut le prendre comme il est. Dieu l'a fait, il a bien fait.

Dans cette région de forêts, de bocages et d'étangs, la campagne semblait n'avoir pas changé depuis des siècles. Alentour, les troupeaux perpétuent la solide race locale de vaches impassibles et puissantes.

La campagne s'assoupissant, Stanislas avait écouté le chant des oiseaux, une frénésie de pépiements, de roucoulements de gorges qui s'étaient intensifiés jusqu'à la tombée de la nuit. Pendant quelques jours, ceux-ci ne lui apportèrent que les bruits dans ce monde dur, cru et violent du jour succédant à la douceur de la nuit.

N'ayant plus d'argent pour acheter sa nourriture, il se fit embaucher comme maçon dans une maison en construction. Une vingtaine de maçons et cinq charpentiers constituaient l'équipe. On embauchait à sept heures du matin pour terminer à huit heures le soir avec une pause dans la journée.

Le jeune « goujat » faisait du mortier, maçonnait, crépissait et sifflait même du haut de son échelle, car une très bonne entente régnait au sein de cette équipe.

Quatre jours plus tard, pendant que les ouvriers étaient tous au travail, un sinistre grondement se fit entendre tout à coup, puis moins d'une minute après, ce fut un terrible craquement, comme un coup de tonnerre qui éclata pendant longtemps. Le côté droit de la maison à six étages venait de s'effondrer, entraînant les maçons.

Les charpentiers de l'autre côté, sentant le mur trembler avaient pu se sauver et assistaient impuissants, terrifiés, affolés, à la chute vertigineuse de leurs camarades, aplatis en une horrible grappe humaine parmi les poutres et les pierres, dans un nuage de poussière dense et opaque. Impossible de s'approcher de l'immeuble écroulé pendant tout un moment.

De cet épouvantable fracas montaient des plaintes affreuses, des cris déchirants de douleur et d'appels désespérés.

Aussitôt, la rue fut envahie par une foule active s'empressant au sauvetage, aidée ensuite par un détachement de pompiers.

Un premier corps fut retiré sans vie, puis ce fut successivement deux, trois, six corps inertes ou gémissants, le crâne ouvert ou la poitrine défoncée.

Stanislas, coincé sous une poutre dans les gravats, la bouche ensanglantée, le visage méconnaissable, n'avait pas perdu connaissance. Lorsqu'on le dégagea de sa fâcheuse position, on le transporta avec d'infinies précautions dans une pharmacie proche. On l'emballa sur un brancard, on le borda les pieds devant, la tête après, les voisins l'escortaient en commentant l'événement.

Après examen, malgré de nombreuses contusions, le jeune homme n'avait rien de cassé. On le nettoya, on lui fit plusieurs pansements, on lui donna à boire et à manger, on le réconforta, puis on l'allongea sur un lit de fortune.

Un moment après, arriva chez le pharmacien un de ses camarades méconnaissable aussi, une jambe cassée, le visage couvert de poussière et de sang, complètement hébété.

Sa femme, alertée, surgit en même temps que lui, criant et gémissant.

– Mon pauv'Léon ! mon pauv'Léon ! T'es pas mort au moins ?... Dieu merci ! Tu me r'connais ?... Ou as-tu mal ? Réponds-mi. Et ta casquette ? Où as-tu mis ta casquette ?

Stanislas ne put s'empêcher de sourire à la question tandis que le pauvre homme fit un geste de colère, semblant ne pas comprendre.

Sept des victimes succombèrent à leurs horribles blessures et d'autres furent soignées à l'hôpital.

Stanislas resta chez le patron quelques jours, choyé comme un coq en pâte. Il se sentait bien, très bien même, et pourtant mal à son aise. Cloué sur place, on l'écoutait lorsqu'il voulait parler, mais il sentait que cette place n'était pas la sienne.

On apprit que l'architecte, trois jours avant la catastrophe, avait constaté que deux ou trois briques creuses avaient cédé au rez-de-chaussée, et tandis que les ouvriers travaillaient à cette réparation, tous les autres continuaient au sixième étage, ce qui avait déclenché l'effondrement de la maison.

Les soins que Stanislas reçut pendant sa convalescence le remirent sur pied et il reprit sa route tant bien que mal, malgré une douleur à l'épaule, un pansement au bras et un autre à la jambe.

Il resta ainsi aux aguets plusieurs jours, se sentant de mieux en mieux, jusqu'à ce qu'il trouve enfin une ferme isolée, loin des routes, où on voulut bien le coucher et l'employer.

Quelques jours plus tard, la pénurie se fit encore sentir ; il n'avait dormi qu'une fois à l'abri, les vivres allaient lui manquer, l'argent aussi, et il ne trouvait plus de travail.

À toutes les portes où il avait frappé, on lui avait répondu : « Revenez dans une semaine pour les foins. » Si on lui indiquait la grange pour coucher avec le chien, parfois on ne lui donnait même pas un morceau de pain. Alors il ramassait ce qu'il trouvait dans les chemins ou dans les champs.

Parfois, la faim lui tiraillait l'estomac. Il savait ce que c'était que d'avoir faim. C'est comme de se mettre en marche, c'est dur le matin de bonne heure, mais après, on ne s'arrête plus. Le tout, c'est de démarrer, quoi !

Une semaine passa et le courage commençait à lui manquer, depuis la veille il n'avait pas mangé.

Peut-être cet insuccès persistant tenait-il à sa façon gauche de se présenter. Ce qui lui nuisait, il le sentait bien lui-même, c'était son accoutrement loqueteux, son aspect de vagabond sale et mal peigné qui couchait un peu partout, la misère qui creusait ses joues en amortissant son regard.

Quelquefois on examinait sa trogne qui ne connaissait ni rasoir, ni peigne. Sa vieille casquette de drap usée, déchirée, tachée, abritait son visage aux trois-quarts perdu sous sa barbe longue et touffue, sous ses cheveux flottants et boueux. Sa vieille capote avait un aspect plutôt repoussant.

En effet, tout le long des routes, quoique se lavant aux ruisseaux et aux fontaines, ce nettoyage sommaire le laissait parfois d'une saleté et d'une odeur désagréables. Il n'y avait que dans les fermes où il pouvait faire une toilette convenable et brosser sa tignasse de cheveux roux, mais il ne se rasait plus.

Par contre, il soignait ses pieds toujours enveloppés de lanières de toile qu'il lavait le plus souvent possible, ces chiffons que les soldats appelaient « les chaussettes russes ».

Un soir, il fit la connaissance d'un berger qui l'avait invité à partager sa hutte et son fromage de brebis qu'il fabriquait lui-même. Des agneaux nouvellement nés et incroyablement propres étaient poussés du museau par de vieilles brebis, tandis que le chien, l'œil aux aguets, surveillait l'ensemble du troupeau, mais cette hospitalité faillit être fatale au voyageur.

En effet, le lendemain matin, le berger trouva un de ses moutons en train de mourir. Il accusa donc Stanislas d'avoir causé cette mortalité par des sortilèges plus ou moins maléfiques, ou d'avoir pratiqué l'emploi du « gobe-mouton ».

Le pauvre garçon n'y comprenait rien. Il se défendit si âprement que le berger consentit à le disculper, puis le jeune homme demanda des explications concernant ce « gobe-mouton » dont il n'avait jamais entendu parler. Alors le berger lui expliqua que le gobe-mouton était une espèce de boulette faite de beurre et de filasse que l'on faisait manger au mouton qui ne tardait pas à mourir.

Cette pratique pouvait être une espèce de vengeance.

Cependant, les animaux eux-mêmes pouvaient ramasser sur leur langue des poils ou des filaments de laine qui formaient des pelotes dans l'estomac, occasionnant la mort.

Comme le berger avait trouvé des brins de laine dans les dents du mouton, l'acquittement du pauvre Stanislas résulta de cette évidence.

Il n'alla donc pas en prison comme on le menaçait mais il ne s'attarda pas auprès du berger.

La nuit suivante, il la passa dehors sous les étoiles, et il était las, désespérément las. Son estomac criait famine, mais il ne songeait pas un seul instant à tendre la main pour mendier, trop fier sans doute.

À cette époque pourtant, la mendicité existait, les vestibules des églises étaient assiégés à toute heure par une foule de pauvres, étalant aux yeux des fidèles, leurs infirmités et leurs haillons. Un soir, Stanislas avait rencontré un homme à barbe blanche dont l'air d'humilité sincère et de profonde douleur avait attiré son attention.

Le pauvre vieillard demandait l'aumône. « Allez travailler, fainéant ! » lui rétorqua un homme à l'allure assez distinguée. Le malheureux retira alors son bras droit de dessous ses haillons, la main manquait, et levant ce bras mutilé, il s'écria :

– Malheur à l'homme qui méprise les pauvres.

Mais l'autre ne se détourna point et Stanislas l'entendit bougonner en continuant son chemin : « Ces gens sont insupportables, on a beau ne rien leur donner, ils demandent toujours. »

Il lui semblait que les passants regardaient l'infirme avec aménité et Stanislas en éprouvait beaucoup d'embarras. Jamais il ne s'était senti aussi malheureux.

« Encore une valeur qui dégringole, la charité. Une de plus, pensa-t-il. Indigne de tout homme véritablement humain, a fortiori d'un riche. »

Les marches solitaires, la course aux abris comme un bon coureur des bois qui a mal tourné, et tant de fatigues sans répit, tout ceci commençait à l'accabler.

En quinze jours, il avait fait deux journées de travail. Pendant ces quinze jours, d'autres, recommandés, avaient été embauchés à sa place. Il partit sur un chemin de charroi bourbeux, que les branchages abattus ne jonchaient cependant pas et qui aboutissait à une route qu'il suivit aussi longtemps qu'elle paraissait se diriger vers l'ouest. Cette expédition si courageusement entreprise, n'allait-elle pas lui procurer des déceptions ?

Il passa près d'un homme habillé d'une sorte de longue robe blanche, assis par terre et qui tapait régulièrement sur un objet en cuivre. C'était un missionnaire occupé à ciseler un plat.

Stanislas pensait que l'homme devait gagner beaucoup d'argent à faire ce travail si délicat, et il demanda :

– Combien gagnez-vous par jour ?

– Je gagne autant que l'évêque.

– Autant que l'évêque ? Ce n'est pas possible !

– C'est absolument vrai.

– Et combien gagne l'évêque ?

– L'évêque attend son salaire de Dieu dans l'autre monde, répondit le missionnaire.

Ce qui laissa notre voyageur complètement interloqué.

Un jour, sans le vouloir, il suivit un enterrement. Le cimetière était loin du village, en rase campagne. En costume du dimanche tout fripé, plusieurs hommes suivaient la carriole emmenant le cadavre et sa boîte qui sentait encore le bois frais. Le curé et une femme avaient pris place dans la charrette et une mule emmenait le monde vers le jardin des morts.

De temps en temps, quelques personnes se retournaient, intriguées, en jetant un regard furtif vers ce vagabond qui leur emboîtait le pas et qu'elles ne connaissaient pas.

À la porte du cimetière, celui-ci continua son chemin avec indifférence devant les gens très étonnés, qui le regardèrent partir au lieu de suivre le corbillard rentré dans le cimetière.

Un autre jour, il marcha à côté d'un chemineau qui allait dans la même direction que lui. Bientôt ils atteignirent une prairie, un grand écriteau était fixé à la barrière « Défense d'entrer sous peine de contravention ». Néanmoins, le vagabond comme un ver, se fraya un chemin par le trou de la haie et Stanislas passa à sa suite.

L'homme, haut comme trois queues de chèvres, comme on dit chez nous, semblait plutôt lourd avec une mâchoire trop forte et des pieds trop grands. Son regard était amical, mais ses yeux gênaient le jeune homme. Il ne savait pas pourquoi des yeux qui louchent l'avaient toujours attendri, mais ceux qui divergent le mettaient mal à l'aise, et on peut dire qu'ils en mettaient un coup les yeux du vagabond.

Celui-ci raconta à son compagnon qu'il était né à Poil dans la Nièvre, grandi à Poil au beau milieu de la place et toute sa famille était restée à Poil. Les femmes, bien qu'habillées « en dimanche », allaient à l'église à Poil.

Il était irrésistible, et Stanislas s'amusa beaucoup avec lui en faisant des jeux de mots… à Poil.

Il parlait de la vie sur les routes comme s'il s'était adressé à un frère. Il pensait que le paysan était avare et malpropre. Il n'a qu'une chaussette disait-il, celle où dorment ses sous. Ce vagabond lui apprit la dureté de la loi pour ceux qui la transgressaient et comment s'y prendre pour y échapper. Comment se procurer une nuit confortable, dans quel type de grange on pouvait trouver un refuge sûr, quels chiens de garde sont les plus redoutables et quelles paroles dire pour les dompter. Le jeune homme apprit tout cela et bien d'autres choses encore.

– Faut surtout faire attention au feu, disait l'homme gravement, ça vous cause des ennuis.

Puis le chemineau dit adieu à son compagnon. Il allait avoir un peu de travail dans une ferme au bout du chemin.

Stanislas reprit sa route seul, en allongeant le pas, sans repos afin de chercher un refuge aussi sûr que possible pour passer la nuit. La marche consommait d'ailleurs toute son énergie de chemineau traîne la grolle.

SUR LA ROUTE

À cette époque, dans presque tous les départements, de nombreux travaux étaient entrepris, surtout sur les routes et chemins de grande communication. On commençait à empierrer, mais les moyens techniques étaient réduits et ces travaux s'éternisaient.

Stanislas aurait pu se faire embaucher car les entrepreneurs manquaient de main-d'œuvre, mais c'était du sur-place qui ne le faisait pas avancer.

Fatigué, il s'enfonça sous les arbres, pénétra dans un fourré, et s'assit sur une vieille souche dénudée. Là, il demeura pensif un long moment puis repartit, il était six heures du soir et il fallait penser à la prochaine nuit.

Tout à coup, une diligence jaune traînée par six chevaux, le dépassa à un train d'enfer. Le sable fin criait sous les roues comme un crépitement de grêle, et une légère poussière s'élevait de terre, se mélangeant plus loin, au-dessus des sapins, au brouillard qui montait du lac.

Stanislas toisa ce luxueux équipage, un peu honteux de sa casquette avachie et de sa capote délavée.

Il avait parcouru deux kilomètres lorsqu'il aperçut la diligence arrêtée et un groupe de personnes autour, complètement affolées. S'étant approché, on lui appris que la malle poste qui reliait Dijon à Auxerre avait été arrêtée par quatre malfaiteurs. La résistance était impossible. Les brigands, armés de fusils, s'étaient emparés de quatre sacs de dépêches et avaient dépouillé les voyageurs non armés qui se trouvaient dans la voiture. Un secours était bien problématique sur cette route qui n'était ni nationale ni départementale.

Le conducteur avait donc été sommé de remettre les sacs de dépêches, ainsi que les sacs de valeur.

Stanislas plaignait maintenant ces pauvres gens, en se disant cependant qu'ils étaient logés à la même enseigne que lui.

– Quel malheur ! répétaient ceux-ci. Qu'allons-nous devenir sans argent et sans vêtement ?

Une dame pleurait « ses valeurs de premier ordre », disait-elle.

Et, ironique, une alouette se mit à chanter « *Tireli ! Tireli !* »

– Chante plutôt : *Qui les tirera de là ?* pensait Stanislas.

Un des voyageurs à la belle prestance, la physionomie hautaine, traits fins, longue barbe soyeuse et blanche s'étalant sur son gilet, ronchonnait :

– On a fait du croquant l'égal de n'importe qui. À qui croyez-vous que cela profite ?... Il n'y a plus de bonne société.

Il s'approcha du jeune homme qui regardait la scène, médusé, et lui demanda :

– Vous connaissiez les brigands qui nous ont attaqués ?

– Moi ? Je ne les ai même pas vus, et de toutes façons, je ne fréquente pas ce genre d'individus.

– Hum ! m'étonnerais, fit l'autre, et il jeta un regard dédaigneux sur les habits souillés du vagabond.

– Laissez mon ami, ce jeune homme n'y est pour rien, voyons ! Où allez-vous ? demanda une vieille dame au visage doux où se devinait la bonté, et qui se tenait très calme, près des autres.

– Je vais dans les Deux-Sèvres, répondit Stanislas.

– À La Rochelle ? questionna la dame.

– Non, à Cherveux.

– Je ne connais pas.

Comme tous les voyageurs s'apprêtaient à remonter dans la diligence, elle parla tout bas au cocher.

– Encore combien de kilomètres? interrogea anxieuse, la dame aux valeurs.

– Trente! répondit piteusement le cocher.

Puis il demanda à Stanislas s'il voulait monter à côté de lui pour un bout de route.

– Avec plaisir! répondit celui-ci.

L'occasion était trop bonne, surtout qu'il se sentait à bout de force.

Le postillon était un homme robuste qui menait le train d'une main de fer, en faisant claquer son fouet à manche court. Il avait d'énormes bottes et le timon lui écrasait les tibias. À cette époque, le métier de postillon se trouvait fort recherché, il y avait toujours de rudes gars pour courir, sans déplaisir ni fatigue, le « pavé du roi ».

Le « pavé du roi »? D'où venait cette expression? Elle désignait autrefois les grandes routes pavées et entretenues par le gouvernement du roi.

Le postillon, juché au-dessus des autres, semblait n'éprouver ni anxiété ni tristesse. La diligence s'arrêtait à tous les relais, déposait les gens à la porte, acceptait les colis et les commissions.

Après qu'elle eut roulé un bon moment avant de s'arrêter enfin dans une auberge, dès l'arrivée, le postillon avait sauté à terre et ouvert aux voyageurs qui descendirent en hâte.

C'était un relais, genre bonne maison campagnarde, une enseigne pendue à un bras de fer ouvragé, un grand porche et une vaste cour encombrée de voitures. Au fond de la cour, les écuries pour les chevaux.

L'auberge s'appelait *Le Cerf Couronné*. Deux hommes étaient dans la cuisine, un vieux paysan, la mine soucieuse, et un jeune homme assis à une table en train d'écrire. C'était un écrivain public qui, à cette époque où il y avait encore beaucoup d'illettrés, écrivait pour quelques sous des lettres gaies, tristes ou tendres suivant les circonstances.

Bien sûr, tous les voyageurs se précipitèrent à l'intérieur en narrant à tour de rôle leur aventure et leur déconvenue, lorsque le postillon dit à Stanislas :

– Reste avec moi, si tu as faim, tu vas te régaler.

En effet, une débauche de mangeaille était étalée sur la grande table, et dans la cheminée profonde, tournaient deux étages garnies de viandes. Nul doute que la vue de toutes ces victuailles allaient effacer en partie la désillusion du voyage.

Mais comment les hôteliers pouvaient-ils autrefois s'approvisionner ?

C'était bien simple : ils avaient tout sous la main.

Dans l'intérieur du pays, toute maison d'auberge possédait son étable, sa basse-cour et son jardin. La rivière et les étangs proches fournissaient le poisson, le gibier pullulait dans toutes les régions où les garennes et les bois s'étendaient.

Devant tant de victuailles, Stanislas pensait que c'était une usine à indigestion, lui qui n'avait souvent qu'un morceau de pain.

Dans la grande salle à manger du relais, le souper fut très animé, les viandes rôties se substituaient aux pâtés, le vin emplissait les verres et les desserts apparaissaient les uns après les autres. Aux voyageurs, succédaient d'autres voyageurs, et la table était toujours mise.

Autour de cette table on parlait surtout de l'attaque de la diligence pour dévier ensuite sur la politique.

– Ne savez-vous donc point que depuis quelque temps des émissaires d'un parti parcourent le pays, semant la discorde ?

– En vérité, voilà d'étranges nouvelles, mais comment le savez-vous ?

– Vous connaissez la logique des partis monsieur, quiconque n'est pas avec vous...

– Mais de quel parti parlez-vous monsieur ?

– Celui des radicaux bien sûr ! Ce groupe parlementaire d'extrême gauche dont le chef est ce républicain vendéen...

– Ah ! oui, Clemenceau !... La menace d'une restauration monarchiste lui permet d'assurer son autorité.

– Mais qui vous dit que cette restauration ne va pas s'imposer ?

– Non ! Moi je crois que la République surmontera la crise, et c'est tant mieux !

– Tant mieux ?... Mais la souveraineté nationale n'a-t-elle pas fait de tous les citoyens, y compris les salariés, une assemblée de rois ?

– Alors que pensez-vous des enfants qui travaillent de 6 heures du matin à 7 heures du soir pour gagner 50 centimes ?...

– Mais le peuple n'a pas d'autre avenir que le travail.

– Bien sûr !... Pendant que vous passez votre temps à vous habiller et vous déshabiller.

La conversation allait s'envenimer lorsqu'un autre voyageur déclara :

– Vous ne voyez donc pas que tous ces gens ont la nostalgie de l'Afrique ?

– Et c'est un bien ! Largeau n'a-t-il pas en vue de déterminer l'hydrographie séparant le Sud algérien du Soudan ?

Il faut dire qu'à cette époque la France connaissait un engouement pour les colonies sous l'impulsion de ce « parti colonial » influent à la Chambre des députés. Il devenait donc évident pour des esprits lucides que l'ancien monde était condamné, et que l'ère des grandes transformations politiques et sociales était proche.

On s'attarda ainsi sur de multiples commentaires au sujet des événements qui révolutionnaient le pays.

Le cocher et son nouvel ami écoutaient mais ne disaient rien, ne comprenant d'ailleurs pas grand-chose à ce qui suscitait tant d'intérêt pour des gens nantis de tout.

Ils s'installèrent, mangèrent de bon appétit et allèrent s'étendre dans un coin de l'écurie aux chevaux.

Le cocher était reparti depuis déjà longtemps lorsque Stanislas se réveilla le lendemain matin ; il n'avait rien entendu, ni les chevaux qu'on avait attelés, ni le vacarme de la diligence aux essieux grinçants.

Comme le jour pointait, le roulement des voitures ne cessait de troubler sa rêverie, alors il se décida à partir.

Il traversa une contre-allée et passa près d'une voiture de maître armoriée dont le caisson flambait aux rayons horizontaux du soleil levant.

Mais le jeune homme n'avait toujours pas trouvé de travail, la mauvaise fortune le poursuivait. Il n'avançait même pas sur son chemin, s'arrêtant chaque fois qu'il voyait une ferme. Heureusement qu'avec la diligence il avait parcouru une trentaine de kilomètres.

Il pensait à tous ses déboires lorsque tout à coup, un enfant jaillit d'un fossé comme une pierre, traversa le chemin, grimpa de l'autre côté, regardant Stanislas du haut du talus en riant aux éclats. Il avait la figure cuivrée et barbouillée de traînées noires. Il portait une chemise déchirée et des bretelles de ficelle tenaient son pantalon trop large. Puis en gambadant, il rejoignit une vieille roulotte dont les fenêtres étaient obstruées par de nombreux chiffons. Trois hommes dépenaillés accueillirent l'enfant à grands cris et en fusillant le jeune homme d'un regard menaçant. Des ferrailleurs ou des chapardeurs sans doute, détroussant souvent les voyageurs même démunis comme lui. Il s'en méfiait et s'enfuit rapidement.

Enfin le soir, il entra dans une ferme située en bordure de route. Elle s'appelait « Les grands chênes » à cause de la grande avenue de ces beaux arbres.

Debout sur le seuil, la fermière, le coin de son tablier relevé dans une main, un couteau dans l'autre, appelait :

– Mélanie, que fais-tu a c't'heure, grande niante ? Ah ! t'es pas rapide ma pauv'feuye !

Une fillette d'une dizaine d'années sortait d'une grange, tenant à deux mains un énorme panier de pommes de terre. Comme Stanislas arrivait en même temps, il prit le panier des mains de la gamine et le déposa aux pieds de la fermière qui continua, négligeant le geste du voyageur.

– Allons, drôlière, dépêche-toi. Pluche les pommes de terre, mets les grosses dans le chaudron pour la soupe et avec les pluchures, tu f'ras une marmitée pour les gorets.

Puis, s'adressant au jeune homme :

– Que voulez-vous, mon *gâs* ?

– Je cherche du travail.

– Bon, allez voir le patron !

Et elle lui désigna la maison. Le soleil entrait à plein dans la grande salle où les hommes étaient réunis autour de la table pour la collation. Stanislas salua et demanda s'il y avait du travail pour lui.

– Ma foué, répondit le patron, la saison des foins arrive, si t'es vaillant, on pourrait s'entendre.

– Je ferai ce que vous me commanderez.

– Tope-là ! Alors assieds-toi et mange un bout, t'as p'tète faim.

– Ma foi, c'est pas de refus.

Et c'est ainsi que Stanislas resta plus de quinze jours dans cette ferme, heureux de manger de la nourriture saine, et surtout, de pouvoir travailler. Le patron était dur, mais régulier ; quant à la fermière, elle était bonne mais ne faisait pas de sentiment.

C'était une fermière accorte et pimpante, travailleuse et joyeuse. Levée dès l'aube, mettant tout le monde en mouvement bêtes et gens, inspectant ses vaches et ses moutons avant de les envoyer aux champs, distribuant le grain à ses poules qui la suivaient en gloussant, puis préparant la soupe, prenant même l'aiguillon pour aller aider les hommes en dirigeant les quatre grands bœufs roux.

Elle servait tout le monde avec un dévouement absolu. Elle mangeait toujours debout et tellement vite qu'elle avait fini bien avant les autres, malgré les dérangements qu'on lui demandait pour apporter telle ou telle chose.

La « mémée » s'occupait d'envoyer les trois enfants à l'école. Elle engraissait aussi des porcs seulement en un an en les gavant à l'économie, presque à l'œil de la nature. Du trèfle incarnat et des glands, parfois des châtaignes.

Les cochons, c'est des cochons !

Sont pas tous beaux ! dépend qui les engraisse !

Les valets de ferme, journaliers, hommes à tout faire, devaient se plier aux rythmes et aux horaires imposés. S'ils n'étaient pas d'accord, d'autres le seraient. Voilà ta paie et bon vent !

Pendant la période des foins, il n'était question ni d'heure ni de dimanche. Toute la journée, ils fauchaient en s'arc-boutant sur leurs jambes solides pour donner plus d'envergure aux arcs tracés par la lame courbe de la faux. La peau de bouc rafraîchissait non loin de là dans une eau courante. Tous buvait à la régalade.

La patronne et une journalière, une jeune femme âgée de trente ans à peine et qui, fanée d'un seul coup, comme vidée de sa jeunesse, paraissait déjà n'avoir plus d'âge, venaient à onze heures apporter le déjeuner et leur fourche, qu'après manger elles allaient utiliser pour retourner le foin.

Si madame de Sévigné disait qu'on retournait le foin en batifolant, vêtues simplement d'une chemise de toile et d'un cotillon léger, le soir, les deux femmes revenaient avec des boursouflures sur la peau et des coups de soleil, mais il faut continuer à manier la fourche.

Non ! Marquise ! ce n'est pas du batifolage.

Si l'orage montait, la chaleur étouffante rendait les hommes abattus, ce qui n'empêchait pas d'accélérer la cadence.

L'effort des travailleurs ne diminuait nulle part. Ils enfonçaient leur fourche dans les meules de foin comme ils auraient piqué le dos d'une mauvaise bête. Sur la charrette, un homme recevait les fourchées et les plaçait de son mieux en se laissant parfois tomber à genoux. La sueur ruisselait sur leur visage rouge, reniflant et crachant dans l'odeur âcre du foin, mais ils travaillaient avec une inlassable énergie jusqu'à une heure très tardive.

Les lourdes charrettes que traînaient les bœufs rentraient alors à la ferme. Quelquefois, ces charretées trop larges, mal équilibrées, menaçaient à chaque cahot de déverser leur charge avant d'arriver à la grange.

Cependant il fallait, tant bien que mal, pousser la besogne jusqu'au bout. Ensuite, le souper rassemblait ces travailleurs éreintés, courbaturés, mais heureux et satisfaits du travail accompli.

Un jour on fit appel au vétérinaire pour un vêlage difficile mais l'homme ne fut pas payé. Stanislas apprit alors que le vétérinaire tout comme le médecin recevaient leurs honoraires une fois l'an, vers la Saint-Michel.

Le jeune homme aimait cette ferme des « Grands Chênes » avec ses chemins embocagés, ses habitants, ses animaux, et il aurait bien voulu y rester encore. Malheureusement, il lui fallait continuer sa route jusqu'au but qu'il s'était assigné.

Un matin, il reçut donc son salaire et s'en alla.

Le salaire des journaliers variait suivant l'importance du travail. En principe, le salaire d'été était plus élevé en raison des journées plus longues et du travail plus pénible qu'en hiver.

Stanislas avait reçu 2,50 F par jour et un litre de vin. Il n'avait pas voulu rester plus longtemps, désirant poursuivre son chemin, jusqu'à Vézelay.

Le lendemain, il se retrouva à Alésia haut lieu de l'histoire, où Vercingétorix était encore présent sur le champ de bataille du mont Auxois sous la forme d'une grande statue en bronze.

Stanislas fut heureux de retrouver une page de son histoire de France ; il sourit au chef gaulois et le salua bien bas.

Pendant plusieurs kilomètres, il longea le canal de Bourgogne. Encaissé au cœur de la montagne bourguignonne, ce canal, très prisé par le trafic fluvial malgré ses nombreuses écluses (189), coule au milieu de versants boisés et de corniches rocheuses.

Stanislas s'intéressa longtemps au trafic des gros bateaux et aux va-et-vient des péniches que ne dérangeaient aucunement des bandes de canards.

Ce canal où étaient amarrés d'autres bateaux résonnait de l'appel strident des sirènes.

Il traversa le canal aux Granges. Il faisait très beau, un soleil brûlant inondait la campagne. Dans les champs, les hommes et les femmes s'activaient, d'autres le croisaient, allant travailler dans quelque usine, deux journaliers d'âge mûr l'accompagnèrent un bout de chemin. Plus loin, ce furent deux jeunes filles, ouvrières bénévoles, venues donner de l'aide à la ferme voisine. Le voyageur eut la tentation de les suivre, mais il se ressaisit.

Il parlait aux paysans, inspectait les champs, s'enquérait des cultures, du temps des semailles et de celui des récoltes. Bientôt on moissonnera. Dans les vergers, on cueillait déjà. Souvent, en partageant leur besogne, Stanislas se mêlait aux femmes de la ferme, en jupon de couleurs vives et blouse blanche, un mouchoir noué sous le menton.

Parfois il discutait avec ces hommes qui savaient travailler aussi longtemps et aussi durement que leur demandait la tâche entreprise. Mais ces hommes savaient aussi s'arrêter dix minutes pour rouler une cigarette, boire un coup ou échanger des idées.

Ces vieux villages avaient leur charme familial avec leurs vieilles maisons basses aux poutres plus ou moins vermoulues, leur église obscure au clocher penché et leur école sombre et mal aérée et surtout leurs nombreux potiers installés un peu partout. L'activité principale étant la poterie de grès.

Dans tous ces villages, à n'importe quelle heure du jour ou de la nuit, quand on s'imagine que tout le monde dort, ou que tout le monde travaille au champ, il y a encore des yeux qui épient, qui espionnent, qui percent les murs.

Lorsque le jeune homme entendait sur son passage des paroles qui le choquaient, il allongeait le pas et tâchait de penser à autre chose.

Aux confins des départements de l'Yonne et de la Nièvre, cette région de bocages et d'étangs est une terre de légendes. À Fontenay, l'immense cloître des moines de Saint-Bernard aurait bien retenu l'attention du jeune voyageur mais il s'en trouvait trop loin et ne voulut pas allonger sa route.

Le lendemain, c'était dimanche et il se retrouva dans une « frairie ». C'était la foule autour des chevaux de bois, tirs ou étalages de brimborions à côté d'une petite place où le soir tout le monde s'en était donné à cœur joie en chantant et en dansant autour d'un immense feu de bois. C'était la Saint-Jean lui avait-on dit, ce qu'il ignorait.

Il aurait bien dansé lui aussi, mais dans son accoutrement il se faisait plutôt regarder de travers, avec un brin de méfiance. C'était peut-être un voleur, contrebandier ou déserteur, ceux-ci couraient les chemins et cela n'allait pas sans différend entre eux et l'autorité locale. Tous ces voyageurs, nomades, permissionnaires des prisons sans doute, en maraude providentielle de bon gîte, table d'abord assurée, travail après.

Après Avallon, il dévala la pente qui le fit pénétrer dans la luxuriante vallée du Cousin. Une longue descente le mena ensuite à la limite du parc régional du Morvan dont le nom, d'un mot celte, signifie « montagne noire »

Le lendemain il arrivait à Vézelay perché tout en haut d'une colline dans un site impressionnant. Pourquoi Vézelay? Tout simplement parce que le curé de Barjon lui avait fortement suggéré de visiter la magnifique basilique Sainte-Madeleine, chef-d'œuvre de l'art roman avec ses grands vitraux et ses arcades de style gothique.

C'était une basilique romane du XIIe siècle possédant un chapiteau sculpté superbe représentant le moulin mystique.

Stanislas fut très impressionné, et il s'extasia également devant un très grand meuble époque Louis XV de 5 mètres de long sur 2,50 mètres de large. Il était en deux parties de même dimension, l'une sur l'autre. C'était un chapier dont le bas servait à y mettre des chapes, vêtements liturgiques à capuchon, très amples, en moire ou en soie. Quant à la partie du haut, elle servait à ranger les bannières.

Il admira aussi le lutrin de bois sculpté dont la partie supérieure représentait un aigle, ainsi que le grand orgue qui avait été fabriqué en 1851 par un des plus vieux organistes de France.

Mais ce que Stanislas ne comprenait pas, c'est que si les chiens étaient taxés, on payait également les chaises à l'église, et ces plaques de cuivre fixées sur les prie-Dieu marquaient la place privilégiée des notables. Il se souvint alors d'une chanson qu'il avait entendu chanter par un voisin dans son enfance.

Dans la maison de Dieu
Hélas ! mes bons amis
On doit rester debout
Quand on n'a pas le sou.

Notre voyageur resta deux jours dans la petite ville. On lui raconta que le 31 mars 1146, le jour de Pâques, une foule innombrable se pressait aux abords de l'église de Vézelay. Louis VII était là en personne, des grands seigneurs, des bourgeois, le menu peuple l'avait précédé. Bernard, le fameux abbé de Clairvaux, devait lire et commenter la bulle du pape Eugène IV, un Français lui aussi, prescrivant la croisade. Le nombre de ceux qui voulurent se croiser fut tel que saint Bernard dut couper les pans de son froc pour satisfaire toutes les demandes.

Malgré son scepticisme, Stanislas apprécia beaucoup cette histoire et il continua sa route, le cœur gai. Pourtant, à la sortie, des gamins lui jetèrent des pierres et voulurent lui prendre son baluchon.

Il se sauva bien vite en empruntant la grande route qui menait à Clamecy. En principe, il se risquait en ville seulement pour renouveler ses munitions : boire, manger ou guenille.

En traversant l'Yonne, il s'intéressa un moment au flottage des troncs d'arbres ébranchés propres à fournir du bois d'œuvre et liés ensemble en un interminable train qui s'en allait jusqu'en région parisienne.

Puis il longea un moment le parc du Morvan, ce vieux massif granitique aux multiples forêts de sapins de Noël.

Mais le Morvan c'est aussi le flottage des bois avec la régularisation des cours d'eau.

Juste avant Clamecy, il s'attarda le long du canal du Nivernais qui relie la Seine à la Loire par l'Yonne. Ce canal qui serpente sur 180 kilomètres dans les forêts sauvages et même sous les collines occupe une place à part dans les quelque 1 200 kilomètres de canaux d'une Bourgogne aussi riche en eaux qu'en vins.

Entre la flore aux allures d'Amazonie, une faune tranquille et des arrêts aux écluses où on peut boire le coup, le jeune homme entendait les mariniers tout en gueules se jeter des bordées d'invectives.

Les forêts de l'Île-de-France ne suffisant plus, le bois de travail comme celui de chauffage arrivaient ainsi par flottage.

Des droits étaient perçus sur toutes les marchandises et les lieux de péage étaient nombreux.

Le marinier n'a pas de domicile légal, il n'a que son bateau errant comme principal établissement, ce qui lui cause d'énormes difficultés pour se marier ou faire instruire ses enfants.

Ce sont des bateaux de bois qui naviguent souvent depuis vingt, trente ou quarante ans et dont l'entretien coûte très cher. Pour les plus fortunés, quelques bateaux en fer commencent à circuler.

Là, vit souvent toute une famille. La mère se ravitaille à période fixe aux postes qu'elle a repérés le long des fleuves et des canaux, car la navigation n'est pratiquement jamais interrompue.

Sur le réseau fluvial et sur les canaux vit donc une population laborieuse, méconnue et inorganisée, et Stanislas se sentit proche de ces itinérants de l'eau, isolés sociaux comme lui.

À s'attarder aussi longtemps, il arriva en ville vers 9 heures du soir, marchant tranquillement dans la nuit, regardant sans voir où il pourrait dormir.

Le quartier avait l'air pauvre et la rue peu fréquentée. Un fiacre stationnait sur le pavé cahoteux. Au bout de la rue, un réverbère éclairait à peine quelques mètres de chaussée solitaire.

Stanislas jeta un coup d'œil par la vitre dans la salle d'un cabaret qui portait l'enseigne : *À la bonne treille.* Il distingua vaguement quelques buveurs attablés qui s'agitaient en discutant.

Le jeune homme marchait lentement dans l'ombre des hautes maisons qui l'enserraient comme un linceul lorsque tout à coup, il fut assailli par deux individus qui lui subtilisèrent son pauvre sac ne contenant qu'une chemise, un pantalon, des harpies pour ses pieds, un quignon de pain et surtout son cahier de chansons. Un homme qui arrivait au même moment fit fuir les malfaiteurs qui s'apprêtaient à le dépouiller de sa capote et de ses autres vêtements, et qui le laissèrent à demi étranglé, sur le trottoir.

L'homme, un marchand forain, emmena le pauvre garçon chez lui, le réconforta, et en discutant, lui apprit qu'il avait subi le « coup du père François » c'est-à-dire que le malfaiteur, tenant un solide foulard par ses deux extrémités, le jette au cou de sa proie, puis il se retourne rapidement et fait basculer sur son dos la victime qui perd pied. Le foulard étrangle le malheureux qui ne peut faire entendre le moindre gémissement. Pendant ce temps, un complice de l'étrangleur dépouille la victime.

Si le forain n'était pas arrivé sur-le-champ, le larynx meurtri par la cruelle réalité, Stanislas n'aurait jamais pu expliquer ce qui lui était arrivé.

Son sauveteur lui expliqua que depuis quelque temps, la ville était le théâtre, la nuit venue, d'audacieuses agressions accomplies toujours de la même façon. Devant la détresse du jeune homme il lui donna un bon morceau de pain dans un autre sac et une vieille chemise. Mais ce que Stanislas regrettait le plus, c'était son cahier de chansons. Toute une époque, la vie et l'âme de son passé.

Livré à ce vagabondage solitaire, il passait maintenant ses nuits d'été à la belle étoile, dans l'herbe des prés, près d'une meule de foin ou dans un fossé, au mépris des braves gens et de la maréchaussée, bien sûr.

Nulle part les gendarmes aimaient les vagabonds. Mais, en certains lieux, cela devenait de la haine enragée. À chaque instant, c'était une demande de papiers minutieusement examinés quand il ne fallait pas que le malheureux les suive au poste de police pour « vérification d'identité ». Là, on l'enfermait dans la cage de garde à vue avec d'autres clochards, les filles de joie et les petits malfrats ramassés dans la journée.

Cela durait 10 heures. 10 heures sans manger et sans marcher, c'était déprimant surtout après avoir subi son agression.

Une fois, qu'il s'était fait arrêter et emmener sans enthousiasme par un gendarme, celui-ci, à ses côtés, lui lança tout à coup :

– Voulez-vous marcher espèce d'individu ?

Alors, se drapant dans sa dignité, Stanislas répondit vivement :

– Sachez monsieur, qu'il n'y a pas d'individu dans ma famille.

En effet, nous sommes tous, bon gré mal gré, des individus, ce qu'il expliqua au pauvre pandore qui l'ignorait.

Depuis un moment, il y avait un grand chien blanc et roux qui le suivait ; c'était un bon gros toutou avec des poils débordant de partout. À la bête qui le talonnait, il lança une branche morte. Le chien s'élança et lui rapporta la branche, ventre à terre, haletant. Stanislas recommença, courut, s'efforçant de le duper pour le faire repartir, mais au bout d'une heure, l'animal était toujours là, à ses trousses. Puis tout à coup, sans savoir pourquoi, le chien fit demi-tour et disparut. Le jeune homme resta figé car il commençait à apprécier la présence de la bête.

Il la retrouva en arrivant dans un village, au seuil de la campagne bigarrée d'arbres, de vignes et de cultures maraîchères où des ouvriers étaient occupés à monter un mât. Tout à coup, il s'entendit interpeller :

– Hé, l'ami !

Le jeune homme s'avança et l'homme lui demanda :

– Pourrais-tu nous donner un coup de main ? Nous ne sommes pas assez nombreux pour monter ce chapiteau.

C'était un cirque qui se montait, le cirque Picrate. Stanislas accepta et occupa donc sa journée à monter les mâts et le chapiteau rouge et vert qui tremblait au vent. Puis, ce fut l'installation d'une centaine de « fauteuils » ainsi que des bancs de bois tout juste solides.

Portées sur de hautes roues les voitures, peintes en vert, s'alignaient tout à côté, un peu dans l'ombre.

Le soir, une musique tonitruante donna le départ de la représentation. Leurs grands yeux pétillants de joie, les enfants frappaient des pieds et des mains afin de hâter l'ouverture du spectacle.

Il est impensable qu'un cirque ne présente pas un numéro de chevaux, d'éléphants ou autres animaux sauvages comme les lions ou les tigres. Le cirque Picrate avait aussi trois chimpanzés et une girafe. Le patron du cirque, en habit bleu à boutons dorés et en bottes vernies, s'avança sur la piste, un fouet à la main, et le spectacle commença.

Auparavant, il avait demandé à Stanislas :

– Veux-tu nous aider quelques jours ? On a besoin d'un gars. Tu seras payé, logé et nourri.

– Mais dans quelle direction allez-vous ?

– Nous allons à Bourges en passant par Nevers.

Bien sûr, Nevers le déviait un peu, mais Bourges était peu éloigné de son trajet, alors, pourquoi pas ? Il ne gagnerait pas de temps, mais il aurait un peu de bien-être et s'éviterait de la fatigue.

Et puis, surtout, il aurait la compagnie d'une jolie jeune fille qu'il avait remarquée. Elle était écuyère et s'appelait Hermine.

La beauté de cette fille le frappa. Elle avait les cheveux bruns bouclés, d'une abondance extraordinaire avec quelque chose d'étrangement fascinant. Elle portait un corsage de velours grenat pailleté d'or, une jupe de gaze blanche, et travaillait debout sur la croupe du cheval, étonnante d'équilibre et de calme dominateur.

Les numéros se succédaient à une cadence régulière. Ce que Boris le dompteur parvenait à obtenir de ses fauves par leur docilité, en se couchant sur eux, était tout simplement prodigieux, et si le public était suffoqué, Stanislas l'était encore bien plus.

Parmi les autres numéros les plus spectaculaires, les funambules impressionnèrent beaucoup le public ainsi que les acrobates et surtout un trapéziste nommé Valentin qui donna le frisson avec un quadruple saut périlleux en arrière et une pirouette époustouflante.

Cependant, pour les enfants, rien ne valait les clowns. Tom et Charlie apportaient l'humour et la détente dans le public.

Avec leurs maquillages grotesques, leurs vêtements déformés et leurs souliers trop grands, ils étaient bavards comme des pies, comiques et pleins d'astuces pour faire rire, ce qui ne les empêchaient pas d'être excellents musiciens.

Un de leur numéro consistait à essayer de peindre le toit du cirque où Tom manquait de tomber et Charlie tentait de le retenir par ses longues bretelles élastiques.

Ces deux-là s'étaient liés d'amitié avec Stanislas et provoquaient son rire par des gags ou avec des instruments les plus inattendus.

Notre voyageur revit Hermine après la représentation, elle le regarda étonnée, et lui sourit.

Le jeune homme se retrouva à dormir dans un coin d'une vieille roulotte avec deux ouvriers.

La représentation est la raison d'être du cirque, mais à travers le clinquant du spectacle se révèle un monde qui a trait à l'organisation matérielle. Le fait de déplacer un spectacle nécessite une somme de travail immense et une main-d'œuvre considérable.

La cadence était dure ; il fallait se lever à quatre heures du matin pour emmener les remorques tirées par les chevaux, construire le chapiteau et les écuries, organiser la parade à midi, exécuter les numéros l'après-midi et le soir, puis, la représentation terminée, tout ranger et nettoyer pour être prêt à partir le lendemain matin à l'aube.

Stanislas fut impressionné par les grosses sommes dépensées pour nourrir les félins de viande, les chevaux et les éléphants de fourrage, tout en cherchant à se procurer du sable pour la piste.

Dans chaque ville il fallait aussi s'occuper de réserver un emplacement pour la représentation.

Chaque jour, c'était le même travail dans un village différent. En se dandinant, les éléphants accueillaient les visiteurs du zoo tandis que Angie, la girafe, surveillait du haut de ses 4 mètres. Elle n'avait pas un regard ni pour les lions, docilement allongés dans leur cage, ni pour les tigres et les singes.

Chaque jour donc, Stanislas revoyait Hermine aux repas et à la fin du spectacle. Il était troublé par cette fille et en devint amoureux fou.

Elle était sous contrat, engagée dans le cirque, et elle lui raconta que, même en gagnant bien sa vie, elle enviait au jeune homme sa liberté.

Les haillons cyniques du voyageur lui donnaient malgré tout une physionomie originale. Son front était large, intelligent et ses yeux d'un bleu-gris tendre réfléchissaient une expression presque sauvage par moment, qui plaisait à la jeune fille.

– Viens avec moi, lui dit-il un jour.

Elle eut un pauvre sourire triste. C'était impossible, bien qu'ils soient devenus très amis. Trop, car le patron du cirque veillait et n'approuvait pas tellement cette entente.

– Laisse-la tranquille, déclara-t-il un jour à Stanislas.

Il avait beaucoup plu ces derniers jours et la Loire débordait de partout. Les pluies d'orage en avaient gonflé démesurément les eaux et l'endroit, passager d'ordinaire, était devenu un abîme. Pourtant, il fallait bien la traverser pour se rendre à Bourges. Le patron du cirque choisit donc de la passer au nord de Nevers où on s'était arrêté sans dresser le chapiteau.

Bien que les Romains aient construit quelques ponts de pierres et que les Ponts et Chaussées en aient installés de plus récents, dans certains endroits il n'y en avait pas, et pour traverser un fleuve ou une rivière, on avait alors recours à un passeur. Lorsque Stanislas voulait franchir une rivière, il cherchait toujours des passages d'eau non reconnus où des passeurs le faisaient traverser gratuitement sur leur petit bateau particulier autorisé par arrêté municipal. Sinon, d'autres bateaux assuraient le passage moyennant finance.

L'exploitation du passage d'un fleuve faisait l'objet d'adjudications publiques. Tout y était prévu au centigramme près. Bacs et bateaux devaient être entretenus par l'État.

Mais il fallait se méfier des grandes crues car l'aventure pouvait devenir périlleuse et le cirque Picrate faillit bien en subir les conséquences.

Dans la nuit, des trombes d'eau d'une violence extraordinaire s'étaient abattues ; la pluie n'avait pas cessé, et au matin, le clapotis de l'eau s'était fait moins discret lorsque Stanislas se réveilla.

Il réalisa très vite la situation, poussa une exclamation de surprise, sortit de son lit en un minimum de temps et secoua Jean son camarade de lit.

– Qu'y a-t-il ? grogna ce dernier ; ce n'est pas l'heure de sortir du lit.

– Ce n'est pas l'avis de la Loire, elle monte à vue d'œil et dans 5 minutes nous barboterons comme des canards.

La Loire est souple, moelleuse, capricieuse comme un chat ; quand l'envie lui en prend, elle escalade ses rives et vient battre les murs des maisons. En une minute, ce fut le tollé général. Les hommes, pataugeant de tout côté, attelèrent les chevaux pour emmener les roulottes à hauteur suffisante au-dessus du niveau du fleuve. Un homme de la région, venu à leur secours, les aida à transporter le matériel, tout en leur disant :

– Vous serez au sec là-haut et vous pourrez recommencer votre sommeil.

Mais Stanislas ne voulut point suivre ce conseil sans avoir des nouvelles d'Hermine car on entendait les femmes sangloter dans leur roulotte.

Des chantiers avaient été envahis par les eaux ainsi que les quais et la gare sur une grande longueur. Le train qui arrivait à ce moment fut bloqué avant son point d'arrêt, l'eau arrivait jusque dans les wagons de tête.

Les employés de la compagnie sous la direction du chef de gare organisèrent aussitôt le sauvetage des voyageurs en les faisant monter sur le toit des wagons, puis gagner par là, au moyen d'une échelle, le quai du chemin de fer du nord situé en contre-haut.

Tous les voyageurs furent ainsi débarqués sans accident. Partout, chacun organisait le sauvetage de ceux qui étaient en détresse.

Stanislas restait assis sur le marchepied lorsqu'il vit Hermine qui sortait en tremblant et en pleurant. Elle était pâle dans le jour blême ; il la calma tendrement et enfin elle sourit.

– Tout va bien maintenant, nous sommes en sécurité, lui dit le jeune homme.

– C'est pourtant une île délicieuse, répondit-elle, les maisons sont pittoresques.

– Elles sont surtout pleines d'eau !

– Tu es un type épatant.

– Et toi, une chic fille.

Ils se regardèrent et éclatèrent de rire. Ils étaient bien ensemble, ils s'aimaient, c'était évident.

La joie que Stanislas lisait dans ses yeux mordorés en était le témoignage le plus éloquent. Pour la première fois, depuis qu'il cheminait, il aurait voulu rester sur place. Il se sentait un autre homme.

Il faut dire qu'il n'avait pas eu beaucoup de joies, ni dans son enfance, ni dans son adolescence. Aucun souvenir heureux ne l'avait marqué. Le bonheur, savait-il seulement ce que c'était ? Jusqu'à présent, il avait eu plus besoin de pain que de bonheur. Avec sa mère, il lui fallait tenir le moins de place possible et celle-ci pourvoyait à ses besoins d'enfant peu exigeant. Elle lui avait tout appris en le poussant vers la sortie, c'est pourquoi il n'avait jamais eu de rancœur envers elle.

Depuis son retour du régiment, sa vie sexuelle était synonyme de chasteté, mais comme jusque-là, il n'avait pas été amoureux, ça ne le tracassait pas.

Au bout de neuf jours, le cirque fit son entrée dans Bourges. En arrivant, la cathédrale apparut au loin comme une altière gardienne d'un troupeau de maisons, entassement de vieux toits couverts de tuiles, pressés sur une colline émergeant de la plaine, au milieu de laquelle se dressait le magnifique palais Jacques-Cœur.

Stanislas et Hermine se firent leurs adieux dans un coin de rue où ils s'étaient donné rendez-vous. La jeune fille avait des larmes dans les yeux et le garçon était muet de chagrin.

Il l'embrassa sur la tempe. Hermine le regarda, ses yeux suppliaient.

– Reste avec moi. J'ai besoin de toi.

– Ce n'est pas possible, tu le sais bien. Tu ne peux pas vivre avec moi. Je n'ai ni maison ni métier, mais je ne t'oublierai pas.

– Moi non plus.

Elle chercha en vain sur le visage du jeune homme la trace de l'émotion qui l'avait saisi l'instant d'avant. Parviendrait-elle un jour à le retrouver ?

Après une demi-heure, ils se séparèrent, sachant très bien que tout s'arrêtait là, mais dans la vie ne faut-il pas toujours se séparer ?...

Un dernier baiser et Stanislas, le cœur lourd, mit son baluchon sur son dos et reprit sa route.

C'était le moment de la récréation car dans la cour de l'école les enfants criaient tous à la fois

Il marchait, pensif. En continuant son chemin et en se plongeant de plus en plus dans une vague rêverie, il y avait longtemps que le vagabond n'avait ressenti ce qu'il éprouvait en ce moment, depuis tous ces jours, ces semaines et même ces mois où il avait adopté ce genre de vie excentrique qui ne l'empêchait pas d'être pénétré du gracieux souvenir de la jeune Hermine. Ses instincts de Mohican ne le rendaient pas inaccessibles aux sentiments délicats.

À mesure que son corps s'était habitué à la fatigue et qu'il s'était accoutumé à la monotone tristesse d'une vie errante, il avait pris goût à cette indépendance et à cet isolement.

Il savait cependant que partout où il passerait, il serait toujours un étranger à qui on ne demanderait que de la besogne.

Aussi le jeune homme se sentait-il toujours repoussé aux dernières places, les filles le tenaient à l'écart et les garçons lui réservaient les propos les plus désobligeants, toujours sujet aux rebuffades. Malgré tout, cela ne le décourageait pas, il avait son but et s'y tenait.

Avec effort, il essaya bien de fredonner une de ses chansons de régiment mais le cœur n'y était pas.

Le souvenir d'Hermine le poursuivit plusieurs jours puis, s'estompa.

Il déjeuna dans une prairie où des vaches somnolaient à l'ombre, non loin de lui, dans un nuage de mouches. Des papillons jaunes voltigeaient d'une tige à l'autre. En bas, un pont de pierres enjambait la rivière. Le voyageur se reposa un moment en regardant ce paysage de gravure se découper dans la lumière, puis il s'allongea sur sa vieille capote et s'endormit, la tête vide de toute pensée.

Le lendemain soir il eut la chance de coucher dans un collège. Le concierge, très gentiment, lui fit visiter d'abord le dortoir, un dortoir qui ressemblait plutôt à un grenier. Puis il visita ensuite les classes, aussi petites qu'une cellule, et pourtant c'était bien des classes. Autour de la chaire vermoulue, les malheureux élèves devaient être empilés les uns sur les autres. La salle d'études servait aussi bien pour les classes que pour les retenues et la musique. Le réfectoire des petits ressemblait à un corridor sous les combles et le réfectoire des grands se trouvait en sous-sol.

Et les professeurs ? Sans doute endossaient-ils la robe pour faire la classe. Stanislas fut frappé de stupeur en constatant l'exiguïté de la cour sombre et masquée par les maisons voisines.

Le jeune homme trouva que tout cela lui représentait une prison, pas du tout ce qu'il pensait pour un collège censé accueillir des plus nantis que lui et il se sentit soudain revalorisé en souvenir de sa petite école avec les mêmes bancs de bois, bien que sa salle de classe fût insalubre. L'inspecteur ne passait jamais ; il y avait trop d'illettrés dans le canton.

Il faut dire qu'à cette époque, la question de la laïcité née avec la Révolution devenait un enjeu politique capital avec l'instauration de la IIIe République laïque, rationaliste, voire anticléricale, qui entendait même neutraliser l'Église.

Cependant Stanislas ne comprenait pas une telle vétusté pour un collège.

RENCONTRES

En France, les lignes de chemin de fer de grande communication existaient déjà depuis plusieurs années et les voies ferrées reliant les petites villes entre elles commençaient aussi à être nombreuses. Dans chaque département, circulaient aussi les chemins de fer départementaux, sur des voies étroites, généralement le long des routes, sifflant à tout moment, et s'arrêtant tous les kilomètres pour se munir d'eau, remplir le réservoir et les tuyauteries de la locomotive qui crachotait sa vapeur.

Le train était composé de deux ou trois wagons de marchandises et d'un wagon de voyageurs. Deux personnes en assuraient la bonne marche.

Cet écraseur de limaces, disait-on, allait bringuebalant à vitesse raisonnable en terrain plat, mais que l'on pouvait suivre facilement en côte.

Le chemin de fer (ce monstre) passait déjà près des habitations, ce qui, disaient les gens, pouvait affoler les vaches et empêcher les poules de pondre.

Naturellement, Stanislas ne pouvait pas se permettre de prendre le train. Pour lui, c'était un luxe au-dessus de ses moyens, mais il n'en éprouvait aucune envie et préférait sa marche solitaire.

Le pays regorgeait de cours d'eau et de voies navigables. De grands canaux serpentaient encore à travers la contrée et de nombreux troupeaux de charolaises se prélassaient dans les plaines.

Pourtant à l'avenir, le rail n'allait-il pas inexorablement précipiter le déclin de la rivière et des canaux ?

Sur les collines dominantes, des châteaux de prétentions diverses, bâtis à partir du XIIe siècle par des petits seigneurs locaux ou par des grands du royaume, se dressaient aussi dans la contrée parmi les vignobles et les fermes éparses.

En quittant le département du Cher pour se diriger vers l'Indre, Stanislas traversa la forêt d'Arnon, et rencontra de nombreux passants qui allaient, colportant des marchandises, offrant des services et, bien sûr, donnant des nouvelles.

Des colporteurs où s'entassaient dans leur ballot, parmi toutes les jolies histoires qui intéressaient les enfants, les contes et les dessins naïfs des imageries d'Épinal, mais aussi des livres, écrits ou brochures. Et si le style en était léger ou interdit, cet ensemble de paperasses était lourd, très lourd.

Très souvent pauvres gueux, ils étaient presque toujours un peu contrebandiers. L'œil aux aguets, ils entraient dans les villages et les fermes pour vendre du fil, des aiguilles, des lacets, mais aussi des allumettes ou du tabac de contrebande, des livres ou almanachs interdits par la censure politique.

Ils ne pouvaient donc exercer leur métier qu'à la condition d'avoir une autorisation délivrée par le préfet, ce qui n'était pas toujours le cas.

À pied, à travers champs ou mauvais chemins, le dos courbé sous la hotte, ils étaient quelquefois recherchés par les gendarmes. Colporteurs de nouvelles, on ne faisait pas mieux comme source d'approvisionnements frauduleux.

Ces arpenteurs des contrées sillonnaient le pays, des chemins poudreux à ceux empierrés, agrémentés d'ornières et nids-de-poule. Ils allaient, à pied ou à cheval, à dos de mulet ou d'âne et parfois avec de petites voiturettes qu'on appelait des baladeuses.

Le ramoneur, lui, marchait en martelant la terre de ses lourds sabots de bois, bardé de deux ou trois musettes et de tout son matériel de brosses, hérissons et manches liés en fagot.

Stanislas avait un jour, fait un bout de chemin avec un repasseur de couteaux, portant une caisse sur son dos, et, en passant devant une maison, il criait : « V'la le r'passeur, le r'passeur ! »

Un autre jour, un meunier qui transportait des sacs de farine dans une grande charrette tirée par des mules l'invita à monter à côté de lui. Il avait un très long fouet à manche de cuir tressé. Il ne parlait pas beaucoup, sur la route, simplement des « hue » et des « dia » jusqu'au prochain village où Stanislas le quitta.

Il arriva dans des hameaux perdus, des bourgades dont les rues étaient encore en pente et des sous-préfectures de la plaine traversées par une route poudreuse qui menait d'une ville à l'autre.

Il y avait partout des usines, et par conséquent la population comptait une bonne moitié d'ouvriers, le reste étant des ouvriers agricoles. D'ailleurs, il y avait du monde partout, dans les champs comme dans les villes. Ces régions avaient très souvent une gare, c'était donc des endroits assez importants.

Un matin, il croisa une noce. La mariée en robe blanche avait pris le bras d'un vieux monsieur qui devait être son père. Des jeunes suivaient deux par deux en chantant et en riant. D'autres, plus âgés, en chapeau ou en coiffe constituaient le cortège, gaiement. Tous, guindés dans leurs habits de fête, toisèrent le pauvre voyageur avec un sourire condescendant.

« Un jour, ce sera mon tour », pensa-t-il en souriant.

Dans ces diverses provinces il remarquait ces hommes habillés selon la coutume de leur région, leur coiffure et leur barbe, écoutant leur dialecte qu'il ne comprenait pas souvent. Il s'arrêtait parfois devant des boutiques de toutes sortes, en plein vent, ou des magasins où l'on vendait fruits et légumes plus ou moins frais, à des prix astronomiques, alors que la bonne terre de France fournissait tout ce qu'on voulait.

Quand il mangeait son pain, assis à l'ombre d'un grand arbre, rituellement, tous les oiseaux étaient conviés au festin. D'ailleurs il avait pris l'habitude de parler aux bêtes et aux oiseaux. Il leur disait : « Il faut manger pour se soutenir dans son chagrin, sinon, c'est le chagrin qui te mange. »

Notez que les pauvres n'ont pas de campagne à eux. Ils vont donc tout simplement dans la campagne des autres. Tout le long de ses chemins, le jeune homme découvrait, en dehors des grandes routes, des amours de petits villages ; quelques vieilles maisons groupées autour d'une petite église, et une ferme… une vraie ferme avec des bœufs de trait, des vaches, des moutons et toute une basse-cour. On y faisait du blé, des betteraves, du colza.

Dans les petites fermes possédant une vache à lait pour les labours, la fermière vendait le lait aux voisins ou fabriquait du beurre qu'elle allait vendre au marché.

En tout, pas plus de 200 habitants dans ces villages, loin des bars, des hostelleries et du bruit.

D'immenses champs de blé s'étendaient où, parmi les épis presque mûrs, poussaient les bleuets et les coquelicots.

Mais il restait toujours une ruine où passer la nuit, près de la cheminée qui dressait encore ses vieilles briques fumeuses au-dessus de la toiture en partie effondrée où des corbeaux faisaient leur nid.

Comme le travail et la nourriture étaient la principale préoccupation du jeune homme, il avait fait quatre journées de « métures » mélange de seigle et de froment, puis était parti, le patron ne voulant pas lui donner d'argent, simplement la nourriture. En ce temps-là, les journaliers étaient payés au boisseau de blé de seigle, en semences ou en châtaignes. Naturellement, cela n'intéressait pas Stanislas qui avait besoin d'argent.

Sa migration le poussait toujours en avant sur la route qui devait le mener au terme de son voyage parmi les mille bruits étranges de l'ombre, vers les départements voisins. Quand il ne battait pas la campagne, il rêvait, assis sur un talus ou une grosse pierre, à cul plat dans la palène, écoutant le chant des oiseaux, observant quelques maisons au toit de tuiles rouges ou d'ardoises ; s'inventant des histoires en pensant à une Poitevine connaissant la cuisine, quelques sous nécessaires au ménage, gagnés par un bon travail.

Il pensait souvent à Mélina sa sœur, regrettant presque de ne pas l'avoir avec lui, mais le voyage aurait été trop épuisant pour elle. Peut-être pourrait-il la faire venir plus tard lorsqu'il serait en Deux-Sèvres. Il faudra qu'elle se marie avec un bon garçon. Tiens ! Louichet, par exemple. Dommage qu'il ne lui en ait pas parlé. Une fille pauvre ne trouve pas facilement un mari.

Il raconterait des histoires sur la guerre et sur les pays où il avait traîné sa carcasse. Bref, il raconterait tout ce qu'il avait vu à ses petits-enfants. Il leur conterait la bête à sept têtes sur ses dix doigts, à l'envers comme à l'endroit. Un sorcier, quoi !

Ce n'était pas par mépris que Stanislas avait quitté la terre de ses ancêtres, mais bien par nécessité. Et puis, c'était un fait connu que les Saônois avaient toujours émigré de leur pays peu fertile vers d'autres horizons.

Il était évident cependant que ses dispositions naturelles n'y étaient pas pour rien ; son ami François l'avait sûrement deviné. C'était un paysan qui se délectait à parcourir les chemins pour arriver jusqu'à Cherveux, son but, où il avait le projet d'y vivre par des ressources sérieuses et un travail constant. Cependant, si son âme s'accoutumait à la monotone tristesse d'une vie errante, son corps se brisait à la fatigue.

Certains soirs, il se disait qu'il avait les jambes usées jusqu'aux genoux.

Encore combien de matins, combien de soirs à marcher, à regarder derrière les collines, à se perdre en interrogations. Ah ! En finir bientôt avec cette interminable marche ! Mais depuis quand marchait-il ? L'heure, il la savait avec le soleil, mais il n'avait aucune idée du jour et de la date.

La chaleur de l'été pesait lourdement et de nombreux petits insectes ailés dansaient dans cet air lourd ; les nuits étaient troublées par le ululement des hiboux.

En arrivant à Valençay il longea un immense parc où s'épanouissaient d'énormes arbres séculaires parmi lesquels des daims se promenaient en compagnie de cygnes, de canards et de paons. Ce parc ainsi que le château voisin auraient appartenu, lui a-t-on dit, à Talleyrand. De nombreux jardins où fleurissaient des milliers de roses s'étalaient sur des kilomètres.

À bout de ressources il se fit embaucher dans un grand atelier mécanique. La vaste salle, secouée par les machines tremblait dans un vacarme assourdissant au milieu d'une fumée opaque peuplée d'êtres vagues, affairés. Les passages étaient étroits entre les machines agitant leurs bras. On ne s'entendait pas parler, on ne voyait rien ; tout dansait entre des courroies qui semblaient tourner toutes seules en glissant de façon continue et régulière.

Bien qu'on lui jurât qu'il n'y avait rien à craindre, Stanislas n'était pas très rassuré lorsqu'on lui confia une machine à boulons haute et compliquée, forgeant les têtes d'une seule poussée de sa puissante vis. Il devait suivre le travail depuis la barre de fer mangée par d'énormes cisailles qui sectionnaient cette barre en petits bouts, jusqu'aux boulons et rivets.

En douze heures, cette mécanique fabriquait des boulons par centaines de kilos. Le jeune homme n'arrivait pas à s'accoutumer à cet automatisme, ce vacarme, cette odeur de cambouis et l'ombre où des hommes immobiles réglaient la danse haletante des volants quand un fourneau crachait brusquement sa collerette de flammes.

Stanislas restait là, la tête basse, le regard fixe, en pensant qu'un jour sûrement, la machine tuerait l'ouvrier. Il n'y avait aucune main d'artiste dans ce travail et il pensa au sculpteur qui l'avait accueilli quelques mois auparavant. Lui, au moins, pouvait éprouver une sensation d'orgueil en contemplant ses œuvres.

Lorsque la cloche le jeta dans la rue au milieu de la sortie bruyante des ouvriers, il crut qu'une émeute commençait tant les hommes criaient et s'agitaient avec violence. Des femmes apostrophaient les ouvriers, d'autres s'exclamaient à leur sortie, des enfants hurlaient le nom de leur père en courant vers eux tandis que d'autres plus âgés qui sortaient de travailler s'invectivaient furieusement.

Au bout de deux jours, ne pouvant en supporter davantage, il reprit son nomadisme.

Stanislas marchait maintenant, rêvassant à ce travail de brute quand tout à coup il reconnut un de ses camarades de boulot, un gaillard roux et efflanqué qui menait un cheval traînant une charrette.

– Bonjour ! fit Stanislas.

– Bonjour ! répondit l'autre. Mais que fais-tu ici ?... Tu ne vas pas travailler ?

– Non ! Je m'en vais.

– Tu as bien raison ! Mais tu sais, ailleurs c'est pareil. Ce ne sont pas les usines qui manquent et pourtant les ateliers ferment les uns après les autres.

– Il y a longtemps que tu travailles là-dedans ?

– Longtemps, ah, oui ! Je n'avais pas huit ans, mon père y travaillait, mon grand-père aussi et j'ai trente-huit ans à c't'heure. Mais j'ai mal aux jambes, alors parfois, je fais le charretier. Ils me disent de me reposer pour ne pas me payer de pension. Ils sont malins !... Pourtant, fallait voir ça il y a dix ans, avant les machines. Tout ronflait, jamais on avait tant gagné... maintenant dans la région, deux sucreries marchent encore, mais une vient de réduire son personnel. Seules une corderie et une minoterie tiennent le coup. D'autres ateliers de construction n'ont pas reçu de nouvelles commandes et sur les trois hauts fourneaux des forges du Marchioux, deux seulement sont allumés. Enfin la grève menace un peu partout car aujourd'hui il faut se serrer le ventre. On n'a pas de la viande tous les jours.

– Si on avait seulement du pain !

– C'est vrai ; si on avait seulement du pain !

Il y eut un silence puis l'homme reprit :

– Ici, la filature mécanique a ruiné la filature rurale et domestique. Les gosses après les vieux pour le même patron, hein ! Moi, j'ai quatre enfants et je ne veux pas qu'ils aillent à ces machines ; c'est pour eux que je continue à travailler. Mais toi ?... Tu vas où maintenant ?...

– De l'autre côté de la France, en Deux-Sèvres.

– Eh bien, bonne route mon *gâs* !... Si je pouvais en faire autant...

Le cheval était parti et le charretier disparut à son tour d'un pas traînant d'invalide.

Quand il eut reprit son sac, Stanislas ne s'éloigna pas encore. Il regarda cette masse lourde, un tas écrasé de constructions d'où se dressait la silhouette de la cheminée d'usine et cette apparition fantastique lui fit soudain froid dans le dos.

Bien sûr, l'époque connaissait un grand essor scientifique et technique et, par voie de conséquence un grand développement économique. Les progrès du machinisme s'établissaient partout au détriment des petits ateliers et manufactures.

Stanislas comprenait qu'il y avait des risques de déshumanisation dans le développement de ce machinisme. Les ouvriers vivaient souvent dans la misère et cet esclavage moderne voyait grandir la distance entre patrons et salariés.

Après certaines émeutes, aux yeux des bourgeois, les « classes laborieuses » devenaient des « classes dangereuses ».

Juin et juillet torrides avaient embrasé les champs puis, malgré le sacristain qui sonnait la cloche en plein milieu de l'après-midi pour empêcher l'orage d'éclater, il en survint de violents qui rafraîchirent l'atmosphère. Et la pluie se mit à tomber, dure ; de lourdes averses qui n'en finissaient pas, persistantes. Le blé qui aurait été bon à moissonner, allait-on le retrouver sur pied le lendemain matin ?

Les calendriers se trompent aussi, la preuve, ils avaient prédit un temps exceptionnel et qu'est-ce qu'on avait ?

Un temps de chien !

Ce fut une calamité pendant une bonne semaine où Stanislas resta à l'abri sous un hangar grâce à l'amabilité d'un paysan qui se désolait. La détresse de la campagne était immense. Sitôt le moindre rayon de soleil, le jeune homme donnait un petit coup de main pour le travail à faire, ce qui lui donnait droit à un morceau de pain et de fromage.

C'étaient de longs jours maussades sans même la promesse d'une éclaircie, la pluie tombait, inlassable, méticuleuse, sans paraître jamais faiblir. On ne sortait pas de cette douche écossaise. Stanislas pestait contre ce mauvais temps qui l'empêchait de poursuivre sa route normalement, jurant vingt fois par jour des « nom de dieu de temps ».

Combien de temps resta-t-il ainsi à attendre des jours meilleurs ? Il ne s'en souvenait pas.

Enfin, un beau jour, cette pluie de tempête fit place nette, balayant toute la saleté. Vers 10 heures du matin, il reprit son baluchon et profita d'une charrette qui allait à Écueillé. Trois kilomètres à la remorque d'un vieux cheval centenaire qui semblait réfléchir entre chaque enjambée, de peur sans doute de se tromper de pied.

Le jeune homme n'allait pas plus vite mais il ne se fatiguait pas tout en étant à l'abri, car il commençait à trouver ce voyage bien long, sur la route longue, longue… et poudreuse maintenant, d'autant plus longue et plus poudreuse que la chaleur était accablante. Son éternelle capote de soldat se faisait lourde mais pourtant, pas question de s'en séparer.

De la poussière des chemins, la chaleur faisait maintenant une cendre brûlante et le soleil semblait suspendu là-haut. Les hommes et les bêtes qui cheminaient encore le faisaient d'une démarche accablée. Les femmes, blanches de teint à l'ordinaire, faisaient l'effet de tomates cuites.

Stanislas avait les paupières fripées, enflammées par la poussière, le soleil et l'insomnie. Malgré sa peau trempée de sueur, il avançait du même pas long, rapide et net, mais les chiffons qui enveloppaient ses pieds étaient devenus malpropres et gluants. À ce moment, il pensa qu'il avait été bien téméraire de se lancer dans une telle aventure.

Enfin la lumière et la chaleur s'amenuisèrent et les oiseaux, presque invisibles, annoncèrent la montée du soir.

La saison des moissons étant arrivée, le travail qui était pénible nécessitait une nombreuse main-d'œuvre et c'est pourquoi les journaliers étaient engagés volontiers, et bien payés.

On se servait de faucilles, certains de faux pour faucher et moissonner. Les paysans n'adoptaient les machines qu'avec prudence. Certes, elles diminuaient le travail mais elles représentaient une grande nouveauté et coûtaient extrêmement cher.

Dans la ferme où on employa le jeune homme, il fallait se lever avant le jour, et après avoir déjeuné, partir avec sa faucille. Le soleil était déjà au ras des champs. Puis, les moissonneurs reprenaient l'endroit où ils avaient laissé la coupe la veille.

La chaleur s'amplifiait tandis que les bras s'alourdissaient, puis les épaules douloureuses pendant la première heure s'insensibilisaient peu à peu.

Ces jours d'été et de moissons étaient harassants. De l'aube aux étoiles, il fallait ensuite lier les gerbes, et chaque soir les ouvriers revenaient les reins cassés.

Le paysan récoltait son grain pour le vendre ; il fallait donc le moissonner au temps de la pleine lune, parce que, avant cette phase, pendant le croissant, le grain augmentait notablement de grosseur. Sans nier systématiquement ces prétendues vérités relatives à la lune, les travailleurs, eux, pensaient différemment, torses nus, sous un soleil de plomb ; ils étaient là pour abattre le travail en un moindre temps. À ces besognes de galériens, Stanislas ne voulut pas user aussi rapidement sa vie, alors un matin, il posa sa faucille et réclama son dû. Il toucha 3,50 F par jour de travail commencé à 4 heures du matin pour se terminer à 10 heures du soir, et reprit donc son bâton de pèlerin.

En débouchant dans une clairière il calculait anxieusement les kilomètres qui lui restaient à parcourir. Et la perspective de ce ruban de kilomètres, par cette chaleur torride d'après-midi d'août, ne l'enchantait guère.

Très haut dans le ciel bleu, deux rapaces tournoyaient lentement semblant le narguer et lui dire : Bombe le torse, t'auras l'air d'un hercule !

Quelquefois, il empruntait ce qu'il croyait être un « raccourci » d'où il sortait crotté ou poussiéreux, saluant les travailleurs des champs entre deux ornières.

De temps en temps, il se racontait des histoires, il était le Juif errant offrant ses éternels cinq sous au malheureux Petit Poucet et à ses frères. Cependant il continuait sa route vers les Deux-Sèvres, vers ce Cherveux, le terme de son voyage, toujours à petites étapes en essayant de travailler pour gagner sa vie.

Souvent, au bout d'un chemin creux ombragé de grands arbres, une masure lui apparaissait parfois abandonnée, parfois pleine d'enfants aux joues barbouillées qui se sauvaient à son approche.

En opposition, il remarquait aussi de superbes demeures seigneuriales, somptueusement décorées et couvertes d'ardoises bleues.

Enfin il arriva dans une ferme où on battait au fléau et au rouleau.

Les gerbes étaient réparties sur la surface de l'aire qui avait été bien nettoyée, et le rouleau était tiré par un gros cheval conduit par un homme monté sur le rouleau (sans doute pour faire poids).

Comme il faisait très chaud, les hommes étaient torses nus sous de grands chapeaux de paille et le cheval portait aussi un chapeau percé de deux trous pour laisser passer les oreilles.

Quand ils aperçurent Stanislas qui s'était arrêté pour les regarder, un des batteurs lui cria :

– Hé, l'homme, tu pourrais prendre un fléau au lieu de nous regarder.

– Je veux bien, répondit le jeune homme.

Il prit un fléau posé le long d'un mur et il se mit à frapper la paille. L'autre lui expliqua qu'il fallait frapper à cadence rythmée et régulière. Le fléau de l'un en l'air tandis que celui de l'autre frappait la paille, en faisant le tour de l'aire. Comme les bordures n'étaient pas atteintes par le rouleau, les hommes les battaient au fléau.

C'était encore un lourd travail. Au bout d'un moment, Stanislas s'arrêta et les autres aussi. On but un bon coup à la régalade et celui qui devait être le fermier lui dit :

– Tu te débrouilles pas mal, tu peux rester, tu seras payé comme les autres.

Mais le jeune homme, ne se sentant pas de force à tenir la cadence toute la journée, déclina l'offre, reprit son baluchon, dit au revoir et s'en alla, laissant les autres dépités.

Rudes et caniculaires journées ou les hommes travaillaient comme des bêtes, s'éreintaient pour se retrouver heureux et fiers autour du tas de blé tiède. Le plaisir de couler le grain entre leurs doigts bourrelés de cals. Stanislas avait compris tout cela mais il ne voulait pas y participer.

Pourtant, quelques jours plus tard, il tourna la manivelle du crible pour nettoyer le blé de la récolte, c'était presque aussi fatigant que le fléau mais il avait mangé à sa faim et reçu sa paye.

Les fermes étaient avantageuses en ce moment où on battait le blé. Trois jours dans l'une, huit jours dans l'autre ; il était nourri, payé et il repartait plus loin.

Un jour, dans l'une de ces fermes, il avait remarqué sur la porte de la grange une chouette écartelée dont il ne restait plus sous les clous que le squelette de plumes d'où saillaient quelques petits os d'un noir brillant. Les ailes étendues ressemblaient à de longues mains écarquillées d'horreur.

Bien sûr, il savait qu'on reprochait aux chouettes d'être des oiseaux de mauvais augure en jetant un cri lugubre qui troublait le silence des campagnes.

« Ceci est stupide ! pensa Stanislas, elles mangent des souris et des mulots. » Et il ne comprenait pas pourquoi le paysan était le plus grand ennemi des oiseaux de nuit.

Mais ses pieds, ses pauvres pieds de fantassin commençaient à être endoloris et meurtris par toutes ces longues marches, alors Stanislas empruntait parfois des charrettes de roulier que tiraient souvent deux bœufs attelés, afin de joindre les villages les plus éloignés.

Un soir, cheminant dans un brouillard tellement épais qu'il semblait coller à la terre, la marche était si pénible et le voyageur si harassé qu'il s'arrêta un instant en rencontrant enfin un endroit sec sous un grand chêne. Avant que le brouillard se dissipe il lui fallu pourtant repartir afin de rechercher un abri pour la nuit.

Alors qu'il s'engageait nuitamment dans un chemin, pensant que celui-ci menait dans un village, Stanislas pénétra dans une forêt que ce chemin traversait. La lune éclairait faiblement, donnant à l'ensemble un aspect lugubre.

La nuit se faisait de plus en plus épaisse et le jeune homme écarquillait les yeux sans rien voir, pressant le pas, essayant de se rassurer, mais malgré tout, il avait peur. Jetant à droite et à gauche des regards inquiets, son calme l'avait subitement abandonné, l'étrange et mystérieux esprit de la forêt flottait partout comme un sortilège.

Dans le grand silence qui dominait cette forêt, il entendait parfois des petits bruits indéfinissables et distinguait des ombres. Les ombres malfaisantes dont parlaient les vieux, ne sont-elles pas tapies entre les fûts des chênes? On racontait tellement de fariboles, de balivernes, d'histoires de loups plus effrayantes les unes que les autres.

Par sa volonté d'en sortir, de fuir ces ombres hostiles, ces grondements indéfinis, il activa le pas, mais il avait l'impression de tourner en rond. Les vieilles peurs de l'obscurité l'assaillirent, il commença à avoir la chair de poule à la racine des cheveux, la traîtrise des bois la nuit n'est plus à démontrer.

Lorsqu'il arriva à un monticule qu'il distinguait mal au loin, il se sentit soulagé en constatant que c'était un tas de bois.

Soudain, un piétinement retint son attention ainsi que des craquements de branches cassées puis, il discerna dans l'ombre plusieurs points phosphorescents qui se mouvaient. Pas de doute, c'étaient des loups.

Rapidement, il rebroussa chemin et courut grimper et s'étendre sur le tas de bois. Glacé de terreur, il n'osait bouger.

Arrivés tout près, deux bêtes s'arrêtèrent, reniflèrent quelques secondes qui parurent interminables au jeune homme. Il les voyait à peine, devinant deux formes horribles, noires, efflanquées, hautes sur pattes, la lueur étincelante des yeux semblable à des braises rouges lorsqu'ils levaient la tête.

Tout à coup, une bûche se déplaça et craqua sous le poids de Stanislas ; les deux formes sautèrent, souples, et se redressèrent surveillant le chemin. Puis les deux loups tournèrent une fois autour du tas de bois et s'enfuirent de l'autre côté.

Stanislas ne bougea pas de la nuit. Le jour tardant à venir, il resta jusqu'à l'aube recroquevillé sur son tas de bois. Lorsqu'il se releva, paralysé, grelottant de froid et de peur, il était courbaturé, éreinté, mais il n'y avait plus de loups dans la clairière. C'était étrange de se voir tout seul au matin, en pleine forêt.

Il repartit, toujours apeuré, frôlant les arbres, les jambes sciées par toutes les fatigues du chemin, de la nuit blanche et de l'émotion. Il croyait sentir peser sur lui des yeux phosphorescents, le fixant, prêts à lui sauter dessus.

Au sortir de cet endroit lugubre, il respira enfin quand il vit un grand type carré, le chapeau bas qui venait vers lui. Le jeune homme raconta sa rencontre de la nuit ; alors l'homme eut un énorme éclat de rire, haussa les épaules et, sans un mot, s'en alla vers la forêt.

– Va-t-en au diable ! pensa Stanislas. Mais toute l'inquiétude de cette nuit revint habiter son crâne pendant de nombreux jours suivants.

Il traversa l'Indre à Pertusson où il s'arrêta car le matin il s'était réveillé avec un pied tout enflé, des démangeaisons et des souffrances cuisantes. Impossible de se chausser, ce fut un supplice de tous les instants pendant plusieurs jours. On lui conseilla un charlatan dont les signes cabalistiques ne firent aucun effet.

Fatigué et les pieds douloureux, il continua péniblement son chemin bordé de bois plus épais et il s'imagina que les arbres marchaient à côté de lui : hêtres et frênes, houx et châtaigniers, et leurs branches que balançait le vent semblaient lui montrer le chemin en avant, tandis que dans les pâturages verts, leurs bestiaux aux yeux doux sommeillaient derrière les arbres.

Stanislas souffrait à en crier, ses pieds étaient en feu, ses nerfs tendus et tiraillés. À chaque pas, retenant un gémissement tandis que les heures passaient, l'engourdissement se faisait plus pénible et la crispation plus atroce. Le cuir épais et serré qui emprisonnait ses pieds le paralysait comme une entrave aussi pesante que les boulets traînés par les forçats.

Alors il se décida à consulter un vieux médecin du pays qui rédigea une ordonnance sans rien dire. Stanislas soigna donc son pied le mieux qu'il put et au bout de quelques jours il put reprendre la route péniblement.

Il n'avait pas de travail, pas d'argent et ses pieds lui faisaient encore très mal. Il n'est pas facile pour un marcheur de la vie de marcher sans ses pieds.

Dans les fermes, il fallait maintenant penser aux betteraves fourragères exigeantes et gourmandes de main-d'œuvre. On demandait des journaliers pour venir à bout de ces travaux. Stanislas fut donc accepté, mais c'était encore une corvée très pénible pour les reins et les jarrets. Au bout de trois jours, n'en pouvant plus, il repartit.

Sur sa route douloureuse il marchait toujours, courageux, résolu, farouche, les guenilles sales, presque en lambeaux, les pieds irrités par les pierres ou les grandes herbes brûlées par le soleil. Autour de lui, une odeur âcre montait de la terre.

Son voyage, tenté sur des avis peu sûrs, paraissait une entreprise de plus en plus malencontreuse à mesure qu'il avançait. Ses progrès étaient désespérément lents, et il commençait à éprouver des doutes quand à la position exacte où il se trouvait. Sur la carte, ça paraît très court mais sur le terrain, c'est autre chose.

Tant de fatigues sans répit l'accablaient. Sa marche devenait chaque jour plus pénible et de plus en plus longue. Une marche plus longue que la plus longue de toutes les marches qu'on fait dans une vie, pensait-il.

Il traversait des hameaux qui se ressemblaient tous : quelques cours bordées de murettes devant des bâtisses de pierres, quelques bouts de ruelles sombres, quelques « charreires » entre des appentis, des hangars et des granges.

Comme il se traînait lamentablement, il arriva dans un petit village qui s'appelait d'ailleurs le « Haut village » où, dans une chaumière, travaillait un sabotier. C'était un jeune garçon petit, trapu, aux jambes torses et au dos voûté. Il avait grandi comme il avait pu, pas beaucoup et de travers.

Il avait une chemise de toile et un grand tablier de cuir sur les genoux. Stanislas le regardait d'un air admiratif, besogner sans relâche.

Il façonnait d'un air joyeux en creusant ses sabots adroitement, laborieux, faisant voler les éclats de bois avec une joie exubérante en sifflant comme un merle.

Sur les murs de l'échoppe, plusieurs sabots de différentes dimensions étaient alignés.

Après avoir salué le jeune homme, Stanislas s'intéressa à son métier. Le petit sabotier expliqua avec volubilité que les sabots étaient fabriqués avec le tronc et les grosses branches de différents arbres : noyer, aulne appelé vergne, frêne, mais aussi en bois plus légers dits bois blancs : peuplier ou saule.

Il avait appris à faire sortir du billot de bois la toute première ébauche. L'outillage était très simple. Il comportait essentiellement un large établi muni du couteau pare-bot.

Les billes de bois étaient découpées à la dimension des sabots que l'on voulait faire, puis dégrossies à l'aide du couteau pare-bot, pour leur donner la forme extérieure. Devant Stanislas ébaudi, le petit bossu expliqua qu'il fallait éplucher les quarterons de bois pour en extraire tout à la fois la forme élégante du sabot et le parfum de la forêt à travers la saveur du bois. « D'abord, tu "chacotes" la bille de bois », dit-il en riant. En taillant à grands coups d'herminette, il faut ensuite l'équarrir; cette ébauche étant ensuite immobilisée sur l'établi pour permettre de creuser avec des tarières.

– C'est là le plus difficile, lui confia le jeune sabotier, car il faut que le pied droit ou gauche s'emboîte exactement dans cette cavité.

Le gros œuvre terminé, il restait à fignoler les sabots en enlevant toute bavure à l'aide de racloirs appropriés.

– Combien te faut-il de temps pour faire une paire de sabots? demanda Stanislas, très intéressé.

– En commençant par la bille de bois non découpée, il faut en moyenne 5 à 10 jours suivant la taille, le bois et la finition, car ensuite on peut graver sur le coup de pied du sabot achevé, d'un coup de main étudié avec la « reinette », une fleur des champs sertie dans un feuillage, par exemple.

Ses mains devaient être celles d'un artiste lorsque parfois, pleines de la résine de l'aubier collante et odorante, elles sculptaient les décors de finition.

– Dans le village, reprit le sabotier, on dit des bots au lieu de sabots. On dit aussi que si les paysans étaient moins sots, les avocats porteraient des bots.

À peine relevait-il la tête pour accepter le sourire de Stanislas. Ils discutèrent longtemps, puis le sabotier lui présenta une paire de sabots à faire rêver la plus coquette des Poitevines. C'étaient des chaussures aux talons très fins, dont la partie supérieure était entièrement ciselée et décorée d'arabesques et d'ornements gaufrés, une vraie œuvre d'art devant laquelle s'extasiait Stanislas. Des sabots si fins, si légers et tout brodés de rosaces. De sa main étalée, le jeune ouvrier caressait les sabots intacts, du bout des doigts, en parlant longtemps de son métier, avant de s'intéresser à son visiteur.

Celui-ci lui raconta alors qu'il venait de la Haute-Saône et qu'il allait dans les Deux-Sèvres.

– À pied ? demanda le jeune sabotier.

– Mais oui !

– Avec ces chaussures ?

Et il pointa son index vers les grosses godasses cabossées.

– Bien sûr !

– Et tu n'as pas mal aux pieds ?

Alors Stanislas lui raconta que, récemment, il avait eu des problèmes qui ne s'arrangeaient pas beaucoup.

Le petit sabotier ne dit rien, hochant la tête d'un air songeur, regardant tour à tour les vieux souliers déformés et la silhouette fatiguée du voyageur, puis soudain, il se leva en claudiquant, passa dans la pièce à côté, et revint avec une paire de sabots ni neufs, ni usagés.

– Prends ça, dit-il à Stanislas, et tu n'auras plus mal.

Le jeune homme le regarda, incrédule. Mais il ne pouvait pas ! D'abord, il n'avait pas d'argent pour les payer, et puis il ne saurait pas faire tous les kilomètres qui lui restaient avec des sabots.

– Mais je ne peux pas accepter, dit-il.

– Mais si, je te les donne ; tu as la même pointure que moi, je l'ai vu. En plus, tu seras beaucoup plus à l'aise que dans tes godillots tout déformés.

– Je ne peux pas te les payer, je n'ai pas un sou.

– Ça ne fait rien, je te les donne. Moi, je m'en ferai d'autres.

– Mais comment te remercier ?

– En les chaussant, insista le sabotier.

Avec hésitation, Stanislas quitta donc ses vieux souliers pour les sabots de bois. Lorsqu'il fit quelques pas, il se sentit tout de suite à l'aise. Gêné toutefois, avec une émotion singulière, sans rien dire, son regard allait rapidement des sabots au petit bossu qui souriait, tournant autour de lui en boitant sans faire le moindre bruit, et à la rue qui l'attendait.

Le jeune voyageur était soufflé, il ne bougeait plus, il avait presque honte de son dénuement. Puis tout à coup, il saisit la main à son généreux donateur et la serra cordialement.

– Merci, merci, dit-il, je n'oublierai jamais.

– Au revoir, et bonne route.

Bien sûr, c'était un changement pour marcher, mais il s'habitua très vite et le clac, clac des sabots sur la route lui mit de la gaieté dans le cœur. C'était comme une chanson, la chanson des sabots de bois. Et pour montrer que ses jarrets étaient élastiques, il esquissa un pas de danse et se mit à chanter : *En passant par la Lorraine avec mes sabots…*

La chanson prouve la joie, mais aussi la fait naître. Des senteurs de roses montaient des jardins. Il est vrai que des rosiers, il y en avait partout dans cette région et il croisa une jeune fille, les bras chargés d'un gros bouquet.

Puis il arriva dans le monde des troglodytes, ce qui le surprit agréablement. On lui apprit que c'était le tuffau, une roche calcaire friable qui en expliquait l'origine. Ces habitants des cavernes lui offrirent même un morceau de pain qu'il accepta et le gîte pour la nuit qu'il refusa, trop épris de grand air sans doute.

Au pays de l'ardoise bleue, c'était également le tuffau qui servait à bâtir les cathédrales, châteaux de rois ou de grands hommes, semés dans ce « jardin de la France ».

Mais avec tout cela, les jours, les semaines s'étaient écoulés et il n'avait guère avancé.

La pluie étant encore tombé au début du mois de septembre, la boue des chemins commençait à pourrir ses vêtements et sa capote était d'une malpropreté repoussante.

En arrivant en Indre-et-Loire, le temps était enfin revenu au beau, ce qui promettait de belles vendanges que le jeune homme attendait depuis dix jours. Partout d'innombrables vignobles s'étendaient dans ce département. Les futailles de tout gabarit et les cuves charretières étaient déjà à la porte des chais. Ça sentait les vendanges !

Il comprenait pourquoi on lui avait tant vanté la subtilité des vins de Chinon. Enfin il allait pouvoir goûter lui aussi.

VENDANGES

Dans les pays de Loire, beaucoup de vignes avaient été plantées à partir des années 1860. Les récoltes étaient excellentes. Les vendangeurs étaient des domestiques de la propriété mais aussi des journaliers. Tous les ans, certains propriétaires achetaient quatre ou six paires de bœufs et les revendaient ensuite après les vendanges.

Mais ce n'était plus les belles récoltes des dernières années ; le phylloxéra, un insecte qui attaque les racines de la vigne, avait fait son apparition deux ou trois ans auparavant.

Durant la première année, rien de l'extérieur ne trahissait la présence du parasite. Dans la deuxième année, la plante commençait à s'épuiser, les pousses étaient moins élevées bien qu'elles portassent encore des feuilles et des raisins. La troisième année, la végétation se réduisait et la quatrième année, la pousse était nulle et la plante morte. Le parasite s'attaquait alors aux pieds voisins. Au départ de cette nouvelle maladie, on ne s'était pas autrement ému, on pensait la circonscrire par l'arrachage des pieds malades, mais la maladie gagna du terrain.

Lorsque Stanislas arriva en Anjou en 1877, les dégâts étaient déjà importants ; pourtant, ce fut encore une belle année.

Les vignerons devaient d'abord consulter le ban des vendanges fixé chaque année par arrêté du maire de la commune et communiqué par affiches.

Il était interdit de pénétrer dans les vignes avant la date fixée par le ban. Défense était faite de vendanger et aux rappeurs et grappilleurs de s'introduire dans les fiefs avant l'enlèvement entier des fruits sous les peines portées par la loi du 6 octobre 1791.

Toute contravention constatée par les procès-verbaux des gardes-champêtres pour les délinquants pouvait être traduite devant les tribunaux de police judiciaire à la diligence du commissaire de police.

En passant dans le village, Stanislas avait lu l'arrêté affiché à la mairie.

Le jour dit, au clocher sonnaient sept heures à Cravant-les- Coteaux et soudain, une ferme qui dormait sous un épais brouillard apparut, éclairée par la première lueur du soleil, lorsque Stanislas se présenta.

La pipe aux lèvres, un vieil homme apparut ridé, tordu, asthmatique, plus alourdi encore par les rhumatismes que par le poids des sabots pleins de paille.

Le jeune homme expliqua qu'on lui avait, la veille, recommandé le domaine où il pouvait s'embaucher pour les vendanges. Son inspection terminée, le père Boileux, comme il s'appelait, répondit que le travail ne manquait pas, les journaliers se faisant rares à cette saison.

Donc s'il travaillait bien, il serait nourri, logé et payé, ce qui satisfit grandement notre voyageur. Le travail, il ne le craignait pas.

Déjà les vendangeurs étaient partis et avaient gagné les coteaux. Ensemble, les deux hommes prirent un petit chemin qui ombrageait une prairie au bord de la rivière et débouchèrent sur un verger où abondaient des arbres fruitiers, et tout au bout, au fond, une étendue de vignes où s'activaient plusieurs hommes et femmes.

Le bonhomme s'arrêta pour admirer son domaine et contempler de loin sa vigne où se détachaient sur le fond noir de la terre, les chemises claires des vendangeurs.

Mi-cultivateur, mi-vigneron, l'homme avait un beau vignoble bien exposé sur un grand coteau.

En bordure du chemin, au bout de la vigne, une charrette était arrêtée, équipée pour transporter au chai les raisins cueillis par le groupe de vendangeurs.

Les femmes avaient un mouchoir de tête laissant dégagée la chevelure en bandeaux. Elles portaient un caraco à rayures et un tablier long et enveloppant sur la jupe.

Les hommes étaient en bras de chemise et portaient aussi un tablier. Deux enfants de neuf et dix ans travaillaient avec les vendangeurs.

Stanislas prit une serpette, un baquet, et se mit tout de suite au travail.

La tristesse n'était pas de règle malgré le mal de rein. Deux par rang, le panier sous le cep, on travaillait rapidement les premières heures, puis, l'ardeur ralentissait malgré les encouragements du hotteur. Gare à la débarbouillade ! Et surtout ne pas laisser de grains par terre.

Au petit matin, les vendangeurs prenaient un solide petit déjeuner avec du lard accompagné de gousses d'ail, de la marmelade et des noix. Ils buvaient souvent du vin blanc, le rouge étant réservé à midi et au soir pour faire godaille. Enfin, pour terminer, café et eau-de-vie.

Puis tous partaient gaiement vers la vigne.

À midi, la femme du vigneron apportait des paniers pleins de victuailles. Alors les vendangeurs s'installaient comme ils pouvaient et mangeaient de bon appétit le tout arrosé du bon vin de la vigne. Mathilde Boileux était beaucoup plus jeune que son mari. C'était une jolie femme d'une beauté singulière qui charmait tout le monde, une nature peu banale, à la fois farouche et charmeuse. Très brune, elle avait quelque chose d'enveloppant dans le regard.

Stanislas était subjugué par ce regard qui ne se dérobait pas au sien. Les femmes d'âge mûr ont de ces fantaisies parfois, et quand elles se mettent à rêver d'amour, elles sont plus stupides que des gamines. Pourquoi se sentait-elle attirée vers ce garçon, un vagabond qu'elle ne connaissait pas?...Car il l'intéressait ce voyageur aux multiples kilomètres qui n'avait pas hésité à traverser la France pour venir s'installer en région inconnue.

Quant au jeune homme, les regards de la belle Mathilde le brûlaient et le caressaient. S'il travaillait avec ardeur, il y avait à cela un grand danger.

Il avait déjà tâté une ou deux aventures, voire mésaventures. Une nuit, il avait même été obligé de fuir par la fenêtre, un mari rentrant à l'improviste. Il y avait laissé le meilleur de ses gilets et attrapé un bon rhume.

Très tard, les soirs à la ferme étaient empreints des odeurs fortes des pressoirs qui fermentaient, mais l'ambiance était toujours assurée. Tous dînaient sous la lampe abaissée qui dorait les visages et incrustaient des étoiles au fond des yeux. De temps en temps, des courants d'air qui glissaient sous la porte ou aux jointures des fenêtres balançaient la suspension en jetant des ombres dansantes sur les murs. On riait, on chantait; les conversations allaient au train des mandibules, des plats qui circulaient, du glou-glou des bouteilles qui choquaient les verres et de quelques exclamations rompant le bruit des voix.

Stanislas racontait ses sept ans de guerre ainsi que les péripéties de la route qu'il avait parcourue et chacun l'écoutait avec gravité.

Derrière le plaisir qu'il éprouvait à évoquer ses souvenirs de régiment, il retrouvait les sentiments qu'avait produits sur lui une vie nouvelle, dans un milieu nouveau, plus évolué que le sien, avec des camarades connaissant d'autres pays que le sien. Tout ce qu'il racontait témoignait de l'esprit de discipline et de respect qu'il portait à tous les gradés de son régiment.

Le succès qu'il obtenait était mélangé. Certes, un auditoire paysan sensible à l'éloquence et peut-être peu expert à la juger ne pouvait manquer d'applaudir ses récits.

Et puis il avait toujours dans son sac quelques fines histoires qui chatouillaient au bon endroit.

Il racontait aussi, plus sérieusement, que dans le Beaujolais on avait fait une expérience surprenante en vue d'enrayer le grand fléau de la grêle contre laquelle on ne pouvait rien jusqu'ici pour les vignes et les récoltes.

C'était par l'emploi du canon que l'on voulait maintenant combattre la grêle.

Naturellement, ce fut l'hilarité générale à cette annonce. L'artillerie avait sonné fort dans les batailles !… Avait-on hissé le drapeau en signe de commandement ?

Mais le narrateur insistait. C'était en lançant dans le ciel une colonne d'air qui crève les gros nuages qu'on évite le danger, car le vent entraîne plus aisément les petites parcelles de nuages crevés.

Comme tous les êtres francs et droits, la femme du vigneron le regardait bien en face, et dans le pli souriant de sa lèvre, Stanislas devinait une disposition qui l'enchantait.

C'était le gars le plus crotté du pays, mais il avait de l'esprit comme quatre et, ma foi, on sait bien que l'esprit prend le cœur des femmes bien plus que la beauté.

Pour plaire à la belle Mathilde, il se lavait maintenant soigneusement chaque soir, mais ses pauvres guenilles usées étaient toujours des défroques plus ou moins en lambeaux au fur et à mesure qu'il les passait à l'eau.

Cependant il fallait aller dormir. Si les hommes couchaient dans une pièce et les femmes dans l'autre, au milieu de la nuit, certains faisaient plus ample connaissance.

Pour notre amoureux, l'intérêt qu'il manifestait pour Mathilde se concrétisa un soir que le vigneron s'était absenté pour deux jours. Perdant complètement la tête, Stanislas sortit discrètement de la chambre et se rendit chez la dame de ses pensées qui le reçut ma foi, fort aimablement…

Il était jeune, le sang chaud ; l'aimait-il ?…Il y a des heures dans la vie où on serait amoureux d'une chèvre coiffée. On se monte la tête pour une bonne femme qu'on rencontre parce qu'elle est foutue comme ci ou comme ça, mais la fesse c'est pas tout, il y a des lendemains…

Le jour de la fin des vendanges se termina par un bon repas, des rires, des chansons et des bonnes bouteilles de la cave. Mais Stanislas, peu habitué aux ribotes, alla coucher sur une botte de paille pour cuver son vin.

Donc, au bout de quatorze jours, il partait. S'arrêtant au milieu de la cour, il s'en roula une qu'il alluma avec un plaisir particulier, ce qui prouvait assurément le contentement de l'homme comblé, emportant au fond de son cœur un beau souvenir de vendanges.

Le lendemain, il trouva encore à vendanger chez un autre propriétaire qui manquait de main-d'œuvre. On lui offrit 3 francs de la journée et une bouteille d'eau-de-vie.

Chaque jour le rapprochait de son but et il avait maintenant hâte d'arriver. Un soir d'ennui et de flânerie, en passant dans un village, il eut une rencontre avec un chat qui, en l'apercevant, traversa la rue, bien que personne ne les ait présentés l'un à l'autre. Ce chat semblait lui dire :

– Je demeure en face et ma porte est fermée.

Là-dessus, ronrons, gros dos, joutes à coups de tête contre le pantalon, tout le boniment habituel quoi !

Ensuite le chat retraversa la rue pour montrer le chemin, tenant sa queue droite comme s'il portait l'épée de Charlemagne.

Stanislas le suivit. Combien de fois des chiens ne l'avaient-ils pas conduit jusqu'à leur porte ! Le jeune homme sonnait, la porte s'ouvrait, on faisait rentrer la bête, on refermait la porte, et le voyageur s'en retournait.

Mais cet office ne lui avait pas encore été réclamé par un chat, qui s'assit résolument devant un magasin clos et dénué de sonnette. En le regardant, le chat avec ses yeux, semblait lui dire :

– Tu n'es qu'un idiot si tu ne sais pas te faire ouvrir une boutique !

Et sans plus de souci, il se mit à faire sa toilette méticuleusement.

De beaux châteaux et de magnifiques jardins retinrent son attention, mais naturellement, tout se refermait devant lui, un gueux de son espèce n'avait pas droit de visite.

Au pays de Rabelais, qui fut avant tout un humaniste, un homme qui s'intéressait à tous les domaines de la pensée, amateur de ripailles et de beuveries, le jeune homme put enfin se faire inviter dans des anciennes carrières des « Caves-Painctes », restées le temple de la dive bouteille pour y déguster une espèce de brioche appelée « fouace », une spécialité du pays. Il apprécia beaucoup le geste, la « fouace » et le vin de Chinon qui aurait prétendument près de 2 000 ans.

Trois jours plus tard, en fin de soirée, Stanislas se retrouva, surpris, en Deux-Sèvres, à Ternay, dans une ferme, accueilli par une femme vêtue d'un simple costume sombre, coiffée d'un bonnet blanc orné de rubans noirs à la mode du pays.

C'était une vaste demeure encadrée par des chais et flanquée de granges, d'écuries et de remises. La froide ardoise du pays couvrait le toit de la maison.

La paysanne lui dit simplement :

– Soyez le bienvenu et entrez vite vous reposer car vous me paraissez bien fatigué, mon enfant.

Tout en lui demandant d'où il venait, la brave femme lui servit un verre de vin clairet. La pièce, où il faisait frais, était grande, simplement meublée et pavée de grandes dalles de pierres lisses, dures, à peine effleurées par l'usure du temps, sans joints d'aucune sorte, posées en quinconce.

Ce dallage était un luxe à coup sûr, de même que la maison était la plus vaste au regard des autres.

Un large pan de mur était occupé par une haute et profonde cheminée aux parois de chaux noircies par les flammes. À l'antique crémaillère articulée était suspendue une marmite ventrue de fonte noire où mijotait le repas du soir. De chaque côté d'un grand buffet de chêne, de nombreuses gravures et portraits d'hommes de guerre du siècle ; puis, à la place d'honneur, un « marsoin » qui ressemblait à s'y méprendre aux chasseurs de l'Empire.

« C'est probablement le fils qui est encore au service » pensa Stanislas.

Étant arrivé, le vigneron s'installa à la table à côté du jeune homme. On parla du régiment, de la guerre de 1870 qui les avait laissés dans un effarement d'horreur, eux qui avaient cru la France invincible.

Stanislas demanda :

– Vous avez un fils au service ? Aux colonies peut-être ?

Les larmes, trop longtemps contenues, coulèrent alors sur les joues amaigries de la femme pendant que son mari racontait :

– Oui ! Nous n'avions qu'un enfant et la guerre nous l'a pris. Il était parti plein de confiance, avec l'insouciance des jeunes qui n'ont peur de rien et qui croient toujours en revenir.

Le père s'était tu soudain et songeait, la tête entre les mains, la femme pleurait et le jeune homme avait le cœur serré d'une sensation indicible. Il restait là, anéanti, embarrassé devant ces pauvres gens. Puis l'homme se releva et dit :

– Allons femme, il est tard. Demain, ce garçon ira travailler, il ne faut pas qu'il souffre de nos misères.

Venue l'heure du dîner, le jeune voyageur apprécia à sa juste valeur la potée de gras haricots rouges, cuite dans le vin avec des tranches de salé. Il en parla longtemps de cette potée, c'était la première qu'il dégustait au cours des longs mois de son périple.

Le vignoble du Haut-Poitou produisait un vin de consommation courante ; chaque propriétaire bichonnant tout spécialement quelques « barricots » de vin blanc.

Les produits de la folle blanche étaient vendus comme vin de base pour les mousseux et les cépages. Les terres du Haut-Poitou bénéficient d'un climat tempéré par l'océan proche. Les hivers rarement rigoureux et les étés secs et ensoleillés conviennent bien à la vigne.

Les habitants des régions voisines venaient au pas lent de leurs chevaux dans le Mirebalais et le Neuvillais chercher de la vendange, achetée sur pied ou toute cueillie par le producteur, pour faire leur « râpé » de l'année. Le proverbe disait : « En gousier sec, jamais joie n'habite. »

Léger et gaillard, ce vin a toujours su communiquer à ceux qui vivaient sur la même terre que lui, la gaieté, la jovialité, l'ivresse même… Le noah a fait tourner bien des têtes, en chantant : *Vin bllan, vin bllan, qui rend le cheur content…*

Les maisons des vignerons ont des caves spacieuses et voûtées qui occupent toute la superficie de la fondation. C'est là que se célèbrent les grands événements de la vie, la joie ou la peine, car le vin généreux ajoute à la joie et tempère le chagrin.

On y reçoit aussi largement les invités, les amis, et les patrons mettent ainsi un point d'honneur à leur faire prendre la cuite.

Dans les villages retentissaient souvent les chants et les cris des gens saouls, battant la route en des entrechats peu orthodoxes, ou agitant l'air pour retrouver cet équilibre qui n'appartient qu'aux ivrognes, avant d'aller dormir dans quelques fossés.

Sous les grandes tentes des cafés forains installés sur les foirails, on dégustait toujours le petit vin blanc du pays.

Avant que le phylloxéra vienne aussi s'abattre sur la contrée, la production d'un vin mousseux, procédé de type « champenois » très apprécié, approchait les deux millions de bouteilles.

– De notre temps, disaient les anciens, le vin faisait 11, 12 degrés, parfois 13 ; il avait du grain, de la fraîcheur, aujourd'hui, les vins finissent tous par se ressembler.

– Vous êtes des encroûtés, des vieilles bêtes, rétorquaient les jeunes.

– Le vin de c't'année vous f'ra l'gosier en entonnoir, continuaient les autres.

Ces conflits s'envenimaient parfois. Des hommes qui avaient fait la guerre de 1870 revenaient sur leurs exploits avec une manie rabâcheuse.

– Tu nous em… avec ta guerre !

– Les fusils t'auraient rabattu l'caquet, drôle !

Cela durait parfois des heures. Dans la chaleur de la discussion, chacun buvait largement ses trois pots, y compris le vigneron. Mais des chamailleries de la veille, on n'y pensait plus le lendemain matin.

Il y avait aussi une certaine Flora ; un peu souillon et traîne-savate, au rire bête, mais elle avait de telles formes qu'elle affolait les hommes qui la poursuivaient inlassablement. En essayant mille façons, avec des sauvageries primitives et des grivoiseries, c'était à celui qui se l'enverrait dans un coin de la vigne.

On lui prêtait d'ailleurs pas mal d'aventures incontrôlables, alors le vin leur tournait à l'aigre.

– Une belle salope, disait l'un.

– Hé ! pas frèt aux yeux itou !

Pourtant, personne l'a vu faire de mal à une mouche.

– Ho ! c'est que les mouches sont de son bord !

– T'as été baptisé au vinaigre, toi !

Après une semaine passée à la ferme, Stanislas devait retourner à sa vie errante, à travers toutes les intempéries de la campagne. Le vigneron et sa femme, M. et Mme Delmas, l'avaient choyé comme leur fils. À peine reconnaissable, sa personne et ses vêtements avaient subi comme une rénovation.

En vérité, il portait maintenant un pantalon de velours et une veste de drap propre que madame Delmas lui avait donnés. Pour que sa personne ne fût pas en désaccord avec son nouvel aspect, il fit défricher l'épaisse forêt de ses cheveux roux. Il poussa même la recherche à nettoyer ses mains et surtout ses ongles qui auraient pu féconder une semence.

À son départ, ils lui firent cadeau d'une autre musette remplie de viande, de fromage et d'un litre de vin.

La ferme s'éclairait des premières clartés du jour lorsque Stanislas prit congé de ses hôtes. Le ton cordial avec lequel il les remercia de leur sollicitude acheva de les captiver, et madame Delmas était très émue.

Plusieurs fois en partant, comme malgré lui, il s'était retourné en jetant un regard de vive anxiété dans la direction de la maison.

LES DEUX-SÈVRES

Maintenant qu'il était arrivé à la limite du département des Deux-Sèvres, il avait calculé qu'il lui restait environ 150 kilomètres pour atteindre Cherveux, ce qui n'était rien en comparaison du chemin déjà parcouru.

Tout alla bien pendant une partie de la journée lorsqu'en arrivant à Mayé, il fut intercepté par les habitants qui croyaient avoir affaire à un des voleurs qui avaient dévalisé l'aubergiste. Heureusement, celui-ci ne le reconnut pas comme un des malfaiteurs.

Il faut dire que les nomades, généralement, effraient beaucoup les gens de nos campagnes où ils commettent des vols nombreux tout en les menaçant.

Mais Stanislas n'était pas menaçant et pour se protéger déclara d'où il venait, donna l'adresse de ses anciens patrons, et après quelques réticences, on le laissa repartir.

Il était furieux. Pour qui le prenait-on? N'était-il pas propre, grâce à la bonne madame Delmas? Si les Poitevins sont aussi méfiants envers les étrangers, comment allait-il s'adapter?

Il ignorait qu'en 1793 une grande partie de la Vendée s'était soulevée contre la Convention entraînant les régions voisines dans une insurrection très violemment réprimée par les troupes républicaines. Le nord des Deux-Sèvres participa grandement à cette guerre civile sans merci.

D'ailleurs, les routes dans le Bocage et dans la Gâtine n'étaient pas encore très sûres. Le banditisme restait à l'état latent depuis près d'un siècle. La chouannerie, celle qui dura près de cinquante ans était surtout brigandage, fait de vengeance personnelle ou de piraterie plus que d'action politique… non moins graves et non moins redoutables pour cela.

C'est à ce brigandage que l'on a donné le nom de chouannerie. On racontait partout dans la région l'histoire de ce curé nommé Guillemoteau qui, à la première alerte, prenait lui-même son fusil. Il allait sonner à la porte de ses paroissiens dont il était sûr, et il leur criait : « Allons, vite debout, toi qui dors tranquille, lève-toi tout de suite et suis moi ; prends ton fusil car les chouans arrivent, on vient de me le signaler ; il faut aller les chasser au plus vite. »

Et il y allait.

La peur des chouans dura longtemps, et le souvenir de la duchesse de Berry était encore vivace dans les esprits.

Pour en finir, Stanislas s'en revint le long de la Dive et la suivit. Il fut surpris de voir que cette rivière canalisée et le cours inférieur du Thouet portaient des bateaux de 30 à 50 tonneaux alignés en convoi de quatre. Des droits étaient perçus sur toutes les marchandises et les lieux de péage étaient multiples.

Il arriva à un carrefour qui s'appelait la Croix aux Chèvres, et s'assit près d'une vieille qui ne gardait pas de chèvres mais deux vaches maigres. La bonne femme lui raconta son histoire, ses maux, ses deuils, presque avec gaieté ; parue vexée de ne pas paraître plus vieille qu'elle était (elle avait soixante-quinze ans). Elle avait mendié dans son enfance et ensuite avait eu quatorze enfants. Son mari et cinq de ses enfants étaient morts de misère et de tuberculose. La vie de cette pauvre femme fut donc en tout point lamentable.

Elle était pourtant sensible aux petites joies, un compliment, un sourire et un compagnon comme ce voyageur pour parler et raconter sa vie, ne donnant pas l'impression qu'elle était malheureuse.

De temps en temps, un sourire mettait à nu ses gencives mauves. Elle posait toujours de nouvelles questions, parlait aussi de cousins, de voisins que Stanislas ne connaissait pas, tout en l'observant de ses petits yeux fureteurs.

Elle disait aussi qu'elle avait l'estomac descendu, et même qu'il sortait, mais elle ne voulait pas aller voir le « marchand de soins ».

Elle suivait le moindre des mouvements du jeune homme comme si elle pensait à autre chose que ce qu'elle disait en poursuivant une idée fixe derrière ses propres paroles.

Quand Stanislas lui eut dit qu'il s'était débarbouillé au ruisseau, la bonne femme lui répondit :

– Eh ! mon pauvre drôle ; faut y qu'tu sois sale pour te laver tous les jours !

En tout cas, ayant lutté sans cesse contre le malheur, la pauvresse n'avait jamais perdu sa sérénité. Stanislas lui demanda si elle avait un secret pour vivre ainsi toujours satisfaite.

– Je regarde le monde, dit-elle, et j'observe… qu'il y a beaucoup de gens qui ont plus de raison que moi de s'estimer malheureux, et endurent des maux plus cruels que les miens.

Peu convaincu, le jeune homme repartit, heureux quand même d'être en bonne santé, libre d'aller où il voulait, même s'il ne mangeait pas toujours à sa faim. Et il se mit à chanter. Au même moment il entendit une autre chanson qui éveillait joyeusement les échos du hameau ; c'était un forgeron, forgeant sans trêve à grands coups de marteau.

En longeant la vallée du Thouet, Stanislas fut impressionné par quelques dolmens et menhirs qui s'érigeaient dans certains champs ainsi que de nombreux reliefs arrondis aux dimensions parfois énormes qui apparaissaient çà et là. Pourtant, la culture céréalière y abondait ainsi que la vigne.

Il apprit que le matériau de construction réputé dans la région était la roche qui affleure dans cette vallée.

D'ailleurs de très nombreuses carrières à ciel ouvert ou souterraines étaient ouvertes sur le versant abrupt de la vallée, ainsi que des fours à chaux, car les paysans pratiquaient le « chaulage » ce qui ne manqua pas de surprendre notre voyageur.

Un soir Stanislas eut une grosse colique. Il avait trouvé une vieille bicoque pour dormir, une pièce de débarras où l'on mettait les outils.

Il commença à claquer du bec comme un corbeau, la fièvre le brûlait, il avait un point de côté et l'estomac tordu. Seul, personne ne le voyant, il se mit à brailler.

Vautré sur un vieux sac de toile, de fièvre il tirait la langue comme un veau. Impossible de faire le récit des heures qui suivirent. Il se replia, les genoux contre la poitrine, la tête dans les épaules, mais il ne parvenait pas à se réchauffer et il lui semblait que toute sa force l'abandonnait.

La nuit ne passait guère. Tordu sur son sac de toile il s'efforçait d'être calme malgré l'envie de se plaindre tout son soûl. Il aurait voulu rire lorsque la colique s'arrêtait, et il riait. Ah ! bien, il ne s'arrêtait de rire que pour braire de plus belle. Vers minuit, accroupi dans l'herbe en contemplant le ciel et les étoiles, il se sentait terriblement malheureux.

Un ululement ou un cri de bête le fit sursauter. Il épia ensuite d'autres bruits lui révélant la nature de cet appel. Des chiens se mirent alors à aboyer, d'autres répondirent au loin de ferme en ferme, puis un seul hurla pendant longtemps. Une angoisse étreignit le jeune homme. Que de phénomènes peuplaient donc la nuit !

Le souvenir de Mélina qui avait peur de la nuit lui revint en mémoire et il s'endormit sur l'image de sa sœur.

Quand vint le point du jour, en se réveillant au chant du coq de la ferme voisine, il était bon à mettre en terre, il ne tenait guère debout et ne se releva qu'à midi.

On dit bien : le mal s'en va-t-a pied, mais il vient à cheval.

Prenant sa musette, en se traînant, les membres engourdis, il parvint avec précaution à contourner la cabane, découvrit un sentier à peine tracé dans l'herbe écrasée et semée de bouses. S'élargissant de lacet en lacet, le sentier devenu chemin finit par déboucher dans une clairière où aboutissait un autre chemin plus large aux ornières de charrettes. Au bout du chemin, une route étroite descendait vers les coteaux. En contrebas, des toits d'ardoises luisaient entre les bouquets d'arbres.

Stanislas se remit à marcher plus rapidement et commença alors à retrouver un peu de chaleur.

Un autre chien aboya dans une cour sur son passage. Mais qu'avaient donc tous ces chiens à aboyer de la sorte ?

De nombreuses péripéties, heureuses ou malheureuses, continuaient donc à jalonner son voyage qui devenait terne et sans intérêt, les tristes kilomètres s'ajoutaient aux tristes kilomètres.

Le lendemain, il rencontra des bohémiens qui campaient derrière une pinède et, parce qu'il leur ressemblait, les bohémiens se prirent d'amitié pour lui. Trois générations composaient cette famille ainsi que trois chiens, deux chevaux, une vaste roulotte et quelques tentes délabrées. Lorsque Stanislas les surprit il y avait un feu dans la clairière.

« Ohé ! » dit un jeune homme.

« Ohé ! » répondit Stanislas en souriant et en s'asseyant à côté du jeune homme dont il sentit tout de suite l'ami.

Les bohémiens lui parlèrent franchement de leur vie. Chacun besognait de son côté, un homme s'enquérait du foin et de la paille pour les chevaux tandis que d'autres chassaient pour manger, fabriquaient des corbeilles à l'aide de bois recueilli dans la forêt et les vendaient ensuite dans les foires.

En été, ils récoltaient des joncs de marais dont ils confectionnaient adroitement des chapeaux.

Ils rempaillaient aussi des chaises. Assis sur un tabouret très bas, le jonc en un tas à sa droite, la chaise à rempailler dans ses jambes, l'homme faisait filer le clissoir avec adresse entre les rangs serrés qui garnissaient le siège. Ou bien c'était un brin d'osier qu'il préparait. De son trusquin gros comme un sifflet, il amenuisait les morceaux en lames régulières. Parfois, il clouait sur une petite enclume le bâti d'un guéridon.

Au moment de l'essaimage, les nomades fabriquaient des ruches; en automne, ils faisaient la récolte des faines et des glands qu'ils vendaient aussi sur le marché. Ils avaient d'étonnantes bonnes manières et n'exprimaient aucune curiosité au sujet de l'arrivant. Ils étaient sales et leurs animaux étaient maigres mais pas maltraités.

Stanislas se demandait bien comment ils pouvaient vivre dans une roulotte mesurant à peine deux mètres de large sur quatre de long. En effet, il devait être malaisé d'établir cuisine, salle à manger et chambre à coucher. La roulotte réunissait cependant tout cela. On empilait tout, escabeaux et ustensiles divers.

À l'arrière, deux coffres de bois suspendus à la toiture renfermaient les nippes de toute la famille, et sous le plancher de la voiture, des caisses, des crochets et des cordes permettaient de traîner un matériel très disparate.

Une toux rauque venait de la roulotte où une petite fille gisait sur un maigre lit.

Alors Stanislas vit une chose incroyable. Il vit la vieille aïeule faire un trou entre les racines d'un tremble, y verser une chopine de vin, deux gousses d'ail, une tranche de lard et, pardessus, y mettre une pièce de monnaie; puis elle fit trois fois le tour de l'arbre, s'arrêta au bord du trou, cracha dessus en répétant:

« Crapauds croupissants accroupis, que le croup vous étouffe ! »

Le jeune homme pensa alors que ce rite était dû pour faire disparaître la maladie de la petite fille.

La vieille bohémienne, qui s'appelait Morella, raconta qu'elle regrettait que s'éteignent les traditions des siens, leur langue était morte, leurs usages n'existaient pratiquement plus et leurs légendes disparaissaient, ce qui la rendait triste.

Stanislas resta toute la journée avec eux, dormit près de la roulotte et repartit le lendemain matin moitié content, moitié triste au fond de son cœur.

Le jour suivant, il rencontra un autre rempailleur de chaises qui voyageait avec sa femme et ses trois enfants. Pendant que sa femme cherchait les clients, l'homme s'installait sur une place et sortait son outillage de la hotte. Il rempaillait avec de la paille de seigle que les enfants lui préparaient ; un long travail qui consistait à natter et enrouler la paille sur un cadre de bois.

Pour le cannage, il fendait le rotin en longs rubans de largeurs différentes. Stanislas aurait bien voulu rester avec cette famille quelques jours pour apprendre, mais le bonhomme ne supportait guère sa présence.

Et puis le dimanche suivant, notre voyageur se retrouva au milieu de la fête locale. C'était un comice agricole.

Dans la grande rue trop étroite grouillait une file de carrioles de toutes sortes, charabans, charrettes tape-culs d'un autre âge bringuebalant des empilements de paniers, de cageots et de sacs.

À peine dans la rue, il fut pris par le remous de la foule. Le flot grandissait encore et des montagnes de légumes submergeaient les pavés. Les salades, les épinards, les paquets de radis, les bouquets d'artichauts et d'oseille, les entassements de haricots et de pois se mêlaient aux taches vives des carottes et les montagnes de choux étaient barrées par une barricade de potirons. Sur une petite place, des monceaux de bêtes puantes, loutres, fouines, blaireaux ou autres espèces, ainsi que des dépouilles de taupes clouées sur des planchettes étaient exposées pour la vente par les amateurs de piégeage. Tous ces piégeurs de campagne, braconniers ou chasseurs, amenaient ainsi leur récolte de peaux de bêtes engrangées pendant l'hiver. Les marchands intéressés se les disputaient en en payant certaines, très recherchées, à prix d'or.

Une cohue compacte de paysans en blouses, de jeunes femmes aux coiffes de dentelle, fichu noir et tablier brodé débordait jusqu'aux ruelles. Des ménagères volumineuses empaquetées dans plusieurs épaisseurs de jupes et de châles encombraient le passage avec les gros paniers qui pendaient à leur bras.

Tout ce vacarme paysan apportait des senteurs de paille, de foin, odeurs de bouses et de basse-cour, celles-ci dues à la multitude de volailles parquées dans les rues.

Les fermiers des environs étaient venus vendre leurs dernières réserves de froment, leurs vaches ou leurs moutons. On discutait ferme autour des vaches d'inégales grosseurs, rousses ou blanches. À quelques pistoles près, vendeur et acheteur s'invectivaient en s'injuriant pendant que la femme du vendeur s'agitait sous son bonnet blanc.

– Te laisse pas faire Firmin ! Il veut t'avoir !

Finalement, en tapant sur le dos de la bête, l'acheteur récalcitrant ronchonnait :

– Moitié, moitié, mais j'y perds avec cette carne !

– Prends-la, et qu'elle crève en route !

Il y eut des concours et des distributions de primes. C'était des rencontres officielles et populaires mettant en contact éleveurs et acheteurs, ce qui entraînait toute la communauté locale qui finissait toujours les marchés chez les marchands de vin ou les cafés.

Musique en tête, le défilé des autorités avait commencé par se rendre à la mairie pour inaugurer une plaque de marbre recouverte d'un linge blanc que le maire dévoila.

De la troupe des autorités, le député s'inclinait chapeau bas et ronronnait devant un personnage apparemment important. Et le sénateur donc ? Va-t-il, tout vieux qu'il est, lui lécher les pieds ?

– C'est un ministre pour sûr ! pensa Stanislas.

Chacun parlait, riait, les violons s'accordaient et les chiens aboyaient. Tam ! Tam ! Boum ! Boum ! Une musique de foire, quoi ! La fête était là, la musique devenait de plus en plus entraînante et le charivari éclatait partout.

Puis, en tête d'un cortège impressionnant venait un détachement de cavaliers militaires devant un long défilé de chars de corporations sur lesquels les compagnons travaillaient de leur métier.

Une cinquantaine de jeunes couples figuraient dans le cortège, en exécutant des danses, aux applaudissements des spectateurs.

La danse terminée, un autre cortège se forma qui gagna le pont situé à l'entrée du village, jusqu'à un champ où avait lieu un concours de sillons. Des prix étaient attribués aux laboureurs qui traçaient les plus droits.

Stanislas n'avait jamais vu tant de monde s'agiter, ni autant de liesse et de désordre.

Les foires et marchés étaient toujours des moments privilégiés de rencontres.

Des marchands vendaient des saucissons, des cervelas, des andouillettes, des jambons garnis de lauriers, des gâteaux, des pains d'épice, des crêpes ainsi que des pains de cinq livres.

Plus loin, d'autres marchands vendaient des chansons patriotiques, des rubans tricolores, des bourses, des chaînes et toutes sortes de menus joyaux.

Il y avait le tir à la carabine, la loterie pour gagner le canard vivant et le manège aux enfants.

Une marchande de « plaisirs » portant sa caisse en forme de tambour offrit à Stanislas cette pâtisserie qui s'appelait autrefois « oublie ». Elle agitait une petite sonnette en criant : « Voilà le plaisir mesdames et messieurs ! »

Comme le jeune homme lui avait souri, elle lui avait rendu son sourire en lui offrant un « plaisir ».

Le tintement des pièces de monnaie, les cris, les odeurs de bêtes, le sempiternel vin blanc du pays y étaient sans doute pour quelque chose. Les mots étaient dits haut et fort, les accusations étaient publiques et utilisaient habilement les rumeurs. L'étranger pauvre comme Stanislas, à cause de cette logique implacable était une cible de choix.

– Hé ! vieux père, il fait bon vivre à vingt ans, les femmes ont la gorge bien fournie, les hommes, le cœur au bon endroit et le reste aussi !

– Farceur, va !

Les buveurs échangeaient les bouteilles et les verres vides contre des pleins et revenaient, le cou tendu, un bras loin du corps, tenant la bouteille d'une main, le verre plein de l'autre en buvant pour ne pas en perdre une goutte.

Quoique on le regardât avec une curiosité un peu méfiante, le jeune homme s'amusa beaucoup au milieu de cette population devenue un peu fofolle, et comme le vin était à profusion, il s'enivra.

D'ailleurs, quand il en avait l'occasion, il s'enivrait de plus en plus souvent avec d'autres. Peut-être cherchait-il à calmer les agitations de son esprit, ou à épuiser son corps. Comme un nageur qui cherche à remonter le courant, il se laissait dériver ainsi.

– Un pichet, criait-il.

– Non, dix, criait l'autre.

– T'as raison ! le vin bu n'est plus à boire !

Les buveurs ont la « tournée » facile et dans chaque nouvel arrivant, on voit un frère à inviter. Les consommations se succèdent jusqu'au moment suprême où tout se gâte.

Une vieille femme, dont le tablier couleur de chien diabétique couvrait à peine une jupe de laine lourde de crasse, vint coller sa bedaine contre Stanislas. Elle lui empoigna le bras. Nom de d'la ! quelle pince !

Puis, d'un doigt à l'ongle noir, elle désigna sans mot dire une bouteille, que la patronne lui servit. Quand elle eut disparu, le jeune homme avala son verre d'un trait comme pour s'aseptiser.

À la fête, les pichets se vidèrent rapidement. Stanislas ne vit pas le sombre nuage qui assombrissait le front de son camarade de beuverie. Mais tout à coup, celui-ci, après ces copieuses libations, eut les yeux égarés, la démarche chancelante et le verbe haut et agressif.

– T'es un galopin, déclara-t-il soudain, un galopin et tu veux me détrousser, hein !

– Tais-toi, voyons, répondit le jeune homme.

– Oui ! oui ! tu veux me détrousser ; c'est pour ça que tu m'as fait boire. Je vais te casser la gueule, moi.

– Oui, mais va cuver ton vin ailleurs.

Cette première altercation, transformée en un vigoureux échange de coups de poing, inspira un certain respect pour Stanislas qui ne semblait pas disposer à se laisser traiter avec mépris.

Tout à coup, l'ivrogne empoigna par le goulot une bouteille à demi pleine encore et la brandit en l'air comme une arme, tandis que le vin s'en échappait. Allait-il la lui briser sur le crâne ? Pris de peur, le jeune homme battit en retraite prudemment.

Ivre de vin et de colère, l'autre sortit alors son couteau, mais avant qu'il ait pu l'ouvrir, le « galopin » s'élança sur lui, le saisit par le milieu du corps et le renversa sur le sol.

L'ivrogne ne se releva pas de cette chute. On l'entendit grommeler quelques menaces, puis un ronflement sonore annonça qu'il dormait de ce profond sommeil, privilège des ivrognes.

Après quoi, Stanislas sortit du cabaret sans avoir conscience de ce qu'il faisait. Il prit au hasard, en chancelant, le premier sentier qui se présenta devant ses pas puis, au bout d'une demi-heure, alla s'échouer sur l'herbe.

Quand il s'éveilla, il faisait nuit. Il chercha à débrouiller ses idées dans le silence de la nuit noire, et comme il ne pouvait pas aller bien loin, il attendit le jour où les premières lueurs de l'aube le retrouvèrent transi et fourbu en reprenant quelque peu ses esprits.

Il se releva, s'appuya sur un mur, et avisant deux braves ouvriers qui marchaient tranquillement en roulant une cigarette, il les interpella :

– Quelle heure est-il ?

Les deux hommes devinrent livides, hurlèrent et s'enfuirent à toutes jambes. Stanislas se gratta la tête en pensant qu'il devait avoir triste figure. Ce qu'il ne savait pas, c'est que l'endroit où il s'était endormi était le cimetière.

En longeant la vallée du Thouet, il remarqua les nombreux tanneurs installés sur la rivière. C'était l'une des activités principales de la région depuis le Moyen Âge. Après être lavées et traitées en plein air, les peaux subissent plus d'une trentaine de manipulations jusqu'à l'achèvement du tannage qui rend le cuir imputrescible.

Sur le Thouet, fonctionnaient aussi les moulins à farine traditionnels, mais les mauvais chemins ne permettaient pas toujours d'utiliser des carrioles, c'est la raison pour laquelle Stanislas rencontrait beaucoup de muletiers conduisant des mules ou mulets.

Il traversa la forêt d'Oiron, et après avoir admiré le château où séjourna madame de Montespan, repartit pour arriver à Taizé. Il se présenta dans une ferme où un vieux grand-père, assis sur un escabeau rustique, courbait, tressait, façonnait de ses grosses mains noueuses des corbeilles et des paniers d'osier brut pour le marché.

Stanislas se demandait de quel livre de caricatures ce bonhomme pouvait bien sortir. Petit, maigre et noueux, il avait une tête aux traits accusés, des rides profondes comme on en voit aux pommes l'hiver, avec seulement quelques mèches d'un gris sale sortant de sa casquette tout aussi crasseuse. Mais par contre, il était très adroit manuellement malgré son âge avancé et ses travaux de vannerie étaient des merveilles.

Toute la famille était aux champs ; seule, dans l'ombre enfumée de la vieille maison, une lourde silhouette de femme s'agitait près de la cheminée. Tout semblait terni, poussiéreux, et quelques tentures de toiles d'araignées ornaient, seules, les murs lézardés.

Le jeune homme se sentit très intéressé par le travail du vieux vannier. Avec volubilité, celui-ci lui expliquait les rudiments du métier, mais les osiers étaient si chers et les paniers se vendaient si mal. Est-ce pour cela qu'il était méfiant, ou est-ce qu'on l'avait trompé ?

Des débris d'osier à l'odeur âcre jonchaient le sol. En effet, le bonhomme avait la commande d'un grand berceau de poupée pour la fille de la châtelaine. Le jeune voyageur ne pouvait détacher ses yeux du joli travail qui prenait forme sous les doigts du vannier.

Puis, celui-ci délaissa le moïse pour tresser une anse à un vieux panier raccommodé.

Stanislas ne pouvait rien dire de ce qu'il éprouvait, mais il se sentait très près de ce bonhomme.

– Comment fait-on un panier ? demanda-t-il.

– Un *pané* ? Pas *malésé* ! Tu *prins daus* brins *d'ousés queme cheu*...

Au bout d'une heure le vannier avait déjà fabriqué la moitié d'un panier en lui donnant toutes les explications nécessaires.

– Demain, fit le jeune homme, puis-je rester pour vous aider ?

– À *teun éze* mon drôle, reste le temps qu'tu veux.

Le soir, une petite fille arriva de l'école ; un rayon de soleil sembla entrer avec elle dans la misérable pièce. Elle s'appelait Laurette et c'était la « petiote » ; et pour faire plaisir à la petiote, le vannier aurait tout entrepris.

Le jeune voyageur y resta une semaine et apprit ainsi à fabriquer des paniers. Très adroit de ses mains, quand il trouvait quelques morceaux de bois veinés ou mouchetés, il taillait avec son couteau de poche des menus objets, des petits animaux surtout, qu'il donnait ensuite aux enfants.

Le bonhomme instruisait donc Stanislas par des discours utiles et amusants, par exemple l'histoire de la butte de Taizé où, selon la légende, Gargantua serait l'auteur de cette butte, témoin de rites inconnus. Le bonhomme lui raconta qu'après avoir étanché sa soif au gué de Ligaine, tout proche d'Auboué, et avalé du même coup une charrette d'épines, le charretier et ses sept bœufs, Gargantua, nettoyant ses sabots avant de reprendre son chemin, produisit donc cette butte de Taizé.

Le voyageur regretta beaucoup de quitter le vannier et Laurette, et le soir où il repartit tristement, il dormit dans un wagon sur une voie de garage, mais le froid le fit souffrir jusqu'à l'aube.

Comme il marchait au bord de la route, le long des prés, il entendit une étrange rumeur qui enflait, des cris discordants de criaillements de volailles. En levant la tête, il aperçut alors un vol d'oies sauvages, formées en triangle qui passaient lentement dans un battement sourd de centaines d'ailes et d'incessantes clameurs. La troupe des migrateurs brassait le ciel avec effort vers le sud. Bientôt elle disparut et Stanislas pensa que l'hiver approchait et qu'il fallait se hâter pour arriver au terme de son voyage avant le froid.

Plus il avançait en Deux-Sèvres, plus notre voyageur constatait que la vie religieuse n'était pas symbolisée exclusivement par les édifices officiels des cultes.

En effet, dans tous les villages ou les fermes il remarqua des croix blanches tracées à la chaux au-dessus de la porte d'entrée des habitations, et de minuscules cimetières familiaux, enclos de murs, occupant l'angle d'un jardin ou d'un champ.

On lui expliqua donc que ces croix blanches étaient catholiques, et les petits cimetières, huguenots. La religion était encore très présente ici, ce qui le laissa assez perplexe.

Dans ce département que le voyageur entrevoyait si diversifié, il observa que les structures agricoles étaient en pleine mutation dans la plaine de Thouars. Les productions végétales et animales étaient variées et non négligeables.

Il remarqua les champs de grandes dimensions propices aux céréales. « L'eau ne doit pas manquer, pensa-t-il ; il y a beaucoup de rivières et de mares. » Effectivement, il traversa de nombreux cours d'eau sur de vieux ponts de pierres comme en passant à Saint-Généroux.

Sur les bords de ces rivières, de nombreux tisserands et tanneurs étaient installés ; ces activités artisanales nécessitaient beaucoup d'eau pour laver la laine et les peaux, faire rouir les fibres végétales et préparer les teintures.

Il fit la connaissance d'un tisserand qui habitait un vrai taudis ce qui ne l'empêchait pas de tisser à longueur de journée la toile de chanvre pour les draps, les chemises d'hommes et de femmes, ainsi que le droguet, tissé laine et chanvre, très utilisé pour les tabliers.

L'homme lui raconta que l'activité des tisserands de Gâtine déclinait rapidement face à la concurrence des filatures industrielles du nord et de l'est de la France, dotées de machines modernes.

Stanislas fut surpris par le nombre de moulins à eau ou à vent, ceux-ci surplombant des chemins rocailleux empruntés par le meunier et son mulet.

Depuis qu'il était en Poitou il avait remarqué d'autres ânes de grande taille avec de longues oreilles et une fourrure d'animal en peluche tombant jusqu'à terre.

Très intrigué, il apprit alors que le mulet et la mule du Poitou avaient une valeur commerciale très élevée pour la reproduction.

Ces animaux d'une sobriété remarquable et d'une grande longévité fournissaient le travail d'un fort cheval. Le jeune homme ressentait toujours beaucoup d'affection pour les ânes et il fut heureux d'apprendre cela.

Aux environs de Bressuire, c'était le bocage, une grande région d'élevage qui côtoyait la Gâtine, une autre région plus pauvre.

Il regardait ces terres du Bocage aussi médiocrement fertiles que celles de la Gâtine dans un quadrillage de chemins creux et de haies vives qui donnaient aux vallonnements l'aspect d'une immense forêt.

Il traversait des villages où les gens séparés par des croyances se supportaient, s'entraidaient, jouaient ensemble aux boules ou aux palets le dimanche. Des villages comme il y en a tant dans cette région, avec leurs champs, leurs ouches, leurs prés où paissent quelques vaches, leurs chemins creux, leurs ajoncs et leurs genets qui croissent partout.

Récits, légendes et traditions fournissaient la seule échappatoire à cette vie restrictive où pourtant tout n'était pas sombre.

Peut-être ne savait-il pas aussi qu'il traînait ses sabots sur les nombreuses voies romaines de la région menant à Saint-Jacques-de-Compostelle.

Sur sa route, il rencontra un petit moine dans sa rude robe caramel, menant un âne chargé de porter le linge blanchi pour l'abbaye. Le petit moine et le baudet faisaient les quatre lieues séparant les deux couvents. Mais la route s'allonge pendant que le soleil somnole. L'âne s'endort aussi et s'arrête. Fouette bourrique ! Ce fut pendant ce voyage que Stanislas se rendit compte qu'on avait le plus grand tort de maltraiter les ânes ; ils sont sensibles et intelligents. Le jeune homme s'en était fait aussitôt son ami et il aurait bien voulu le garder pour en faire son compagnon de voyage. Mais, naturellement, le petit moine n'était pas d'accord et le voyageur quitta ses deux amis le cœur bien gros.

Il se rappelait la locution bien connue : *Il y a plus d'un âne à la foire qui s'appelle Martin.*

En longeant les bois d'Amailloux, il fut surpris de rencontrer autant de personnes ramassant des châtaignes et des champignons. Lui, pensait que la châtaigne était le privilège des pauvres comme ceux de la Haute-Saône. Alors le pays n'était donc pas aussi prospère que le lui avait décrit François.

À Secondigny, les ouvrières, aussi poussiéreuses que lui, débauchaient des fabriques de tissus, aussi le dévisagèrent-elles en souriant et en lorgnant son sac qu'elles devinaient bourré de pommes. En effet, après s'en être régalé, il avait rempli ce sac de fruits tombés sur les chemins.

C'était samedi, jour de marché, lorsqu'il arriva à Champdeniers. La grande place était noire de monde au milieu des animaux et des machines agricoles de toutes sortes.

Les femmes avaient leurs belles coiffes blanches ornées de rubans et les hommes étaient vêtus de leur blouse grise sur un pantalon rayé.

Les gens se retournaient sur son passage en se disant :

– D'où que l'sort *cho* gâs ? *Ol'ét* pas un gâs *d'cholin* !

– *Nun* ! *Ol'ét* un *d'étranjhe* !

L'endroit lui parut agréable. Il ne se sentait pas accueilli par cette réserve glaciale, si intimidante pour le nouveau venu dans beaucoup de ces villages qu'il avait traversés.

Il provoquait évidemment l'intérêt avec une franche curiosité, surtout qu'il ne se lavait plus, ne se peignait pas non plus ; sa barbe de poils mêlés retenait parfois quelques miettes ou autres détritus, restes d'un maigre repas. Il avait le teint boucané, tanné et rôti dont le rouge immuable avait été obtenu à la longue par les morsures de l'air et du soleil. Sans être propres, ses vêtements étaient restés décents, grâce à la générosité de madame Delmas.

Il faut dire qu'il en était tombé sur son dos du soleil et de la pluie. A-t-il été cuit, recuit et relavé ! Dans son vieux baluchon tanné que n'avait-il pas mis, ramassé sur les chemins ! Ce n'est pas rien d'avoir promené sa peau pendant des heures et des heures, des jours et des mois par tous les temps.

Il remarquait les petites maisons basses et les nombreux logis et châteaux sillonnant le pays. Des pigeonniers abandonnés ou remplis d'une multitude de volatiles dressaient leurs statures rondes et leurs toits pointus dans le paysage.

Mais il ne fallait pas s'attarder car la saison s'avançait et avec l'automne la température baissait souvent la nuit, il n'arrivait pas toujours à se réchauffer et à dormir.

Et puis, il en avait assez de marcher, marcher chaque jour sans relâche, sans même savoir où il allait dormir, marcher toujours sous le regard méprisant des braves gens qui ne comprennent pas ce nomadisme.

C'est qu'à mesure qu'il approchait du but de son voyage, Stanislas se sentait de plus en plus anxieux, avec une inquiétude grandissante. Confiant au départ, ne voilà-t-il pas qu'il appréhendait ; aussi traînait-il sur la route, s'arrêtant un bon moment pour se reposer.

Car lui, Stanislas Bontems, chemineau crève-la-faim qui avait traversé la France entière, l'étranger, comment allait-on l'accueillir ? Est-ce qu'il allait trouver du travail ? Allait-on l'accepter ? Il avait maintenant peur de tout et de lui-même, hésitant comme s'il préférait son incertitude.

Heureusement, il y aurait François. Bien qu'il se dise cela, il restait préoccupé.

Un soir, parvenu au sommet du coteau qui dominait une petite vallée profonde, il vit assez distinctement les tourelles d'un château se découpant sur le ciel clair.

C'était le château de Cherveux.

Là, le voyageur s'arrêta, debout, appuyé sur son bâton, regardant cette masse sombre, l'âme oppressée par un curieux pressentiment et ses inquiétudes prirent alors des proportions terrifiantes. Les fumées de cheminées dans le creux de la pente montaient calmement en rasant les toits pour s'étendre en nappes rampantes autour.

Il était 17 heures le 24 octobre 1877.

CHERVEUX

À cette époque, la commune de Cherveux offrait un paysage varié, dû à sa position entre Plaine et Gâtine. Avec environ 1 700 habitants, la vie s'y écoulait calme et paisible, au rythme des saisons. Outre le bourg, la commune comprenait plusieurs villages et de nombreuses fermes isolées.

Sur la place, se trouvaient l'église, les halles et une pompe. Commémorant la révolution du 24 février 1848, se dressait un arbre de la liberté.

Dominant Cherveux et les environs, un magnifique château, importante forteresse qui datait du XVe siècle, construit en pierres de taille, avec un donjon de forme quadrangulaire. À l'angle de la cour opposée au donjon, une tour ronde moins haute que les autres. On l'appelait la tour de la prison.

Le château fut vendu comme bien national le 12 frimaire an III pour la somme de 72 600 francs à Pierre Allonneau, et c'étaient les descendants de celui-ci qui l'habitaient.

Le marché de Cherveux qui avait lieu le vendredi de chaque semaine avait une certaine importance. C'était surtout un marché « aux veaux ».

Sur la place, les marchands d'œufs, de lapins et de volailles débarrassaient les paniers des fermières après de longues discussions. Sous les halles, les commerçants offraient des marchandises variées aux acheteurs des alentours.

Pour les foires qui étaient nombreuses, cinq cafés et quatre hôtels-restaurants logeaient les marchands étrangers au pays, des Auvergnats ou même des Espagnols. Ils venaient souvent à pied, à cheval ou en voiture. Les foires aux mules les attiraient particulièrement. Il faut dire qu'il y avait souvent des bêtes magnifiques, victorieuses dans certains concours.

La majorité des gens vivait de la culture. L'habitat était assez pauvre, insuffisant et inconfortable. Il n'y avait souvent qu'une seule pièce chauffée par la cheminée. Sur l'évier, un seau de bois surmonté d'une « coussote ». On mangeait peu de viande, les légumes du jardin, une sardine à deux ou trois avec du gros pain de seigle ou de blé noir. Sur les braises de la cheminée, on installait le trépied sur lequel on posait le faitout.

Lorsque Stanislas entra dans le bourg, guidé par la masse imposante du château, il commençait à pleuvoir et les premières lueurs apparurent comme des lucioles faibles et tremblantes. Le voyageur ne savait évidemment pas où diriger ses pas. Provoquant naturellement l'intérêt, quelques personnes le dévisageaient avec une franche curiosité.

– Là-*vour* que *cheu* sort ? disaient les uns.

– Ol'ét un galopin, disaient les autres.

– Ol'ét pas un gâs d'chez nous, *i l'queneus* pas !

Le voyageur avisa alors un café et entra ; c'était l'hôtel du Chêne vert, ou le café Boutet pour les Cherveusiens.

Un homme était au bar en train de consommer avec le patron, bras de chemise retournés, un grand tablier bleu qui l'enveloppait tout entier, la casquette crânement posée sur l'oreille, il regarda le visiteur d'un air suspect.

Des hommes buvaient et fumaient à la chaleur d'un poêle qui ronflait dans un coin de la salle et le voyageur sentit se dissiper un peu les inquiétudes qui pesaient sur son esprit.

Devant un verre de vin rouge, d'autres hommes jouaient aux cartes. Stanislas commanda un verre de vin et s'assit, seul à sa table, sa casquette rabattue sur les yeux. Il ne se rendait pas compte qu'il ne ressemblait pas aux gens du pays. On aurait dit plutôt un vague manœuvre.

Étonnés, tous s'arrêtèrent un court instant pour examiner l'arrivant en s'interrogeant sans doute sur sa provenance. Qui était-il ?... Personne ne le connaissait.

Et le jeune homme trouvait que c'était quand même bizarre de se retrouver là. Il avait devant lui une dizaine de Cherveusiens qu'il ne connaissait pas, mais ils avaient la même façon de boire, de plaisanter, la même façon de frapper le bois de la table en jetant leur carte sur le tapis.

En payant son verre de vin, le jeune homme demanda au patron :

– Pouvez-vous m'indiquer où habite un nommé François Brail qui est arrivé du régiment l'année dernière ?

– Un nommé François Brail ?... François *quement* ?... Brail ?

– Oui, répondit Stanislas.

– I *vouès* pas !

Puis, s'adressant aux autres, le cafetier demanda :

– *Queneussez*-vous un nommé François Brail qu'ét *jhuste* rendu dau régiment ?

– Dame, *nun* !

– À moins qu'o *sèye* le François d'La Carte ? supposa un des hommes.

– L'ét *bouétou*, l'a pas fait d'service.

– Ol'ét *p'téte cha* à la *Cllémentine*. *Quement qu'l'ét vout'François* ?

– Un grand, costaud, dit le jeune homme.

– Alors ol'ét pas *cheu*, li, l'ét tout p'tit.

– Ah ! i parie qu'ol'ét le François au père Brail de Sussais. *M'étoun'rais* qu'vous l'trouveriez, mais allez-y *dun* quand *minme*.

Stanislas arrivait à peine à comprendre ce patois de la région que parlait si souvent son camarade François. Pourtant, il interrogea :

– Mais où se trouve Sussais ?

– Ol'ét pas *lung*. Tu *prins l'templle* et pi tu files tout *drèt jhusqu'à* Sussais. Là-bas, tu d'mandes.

– Mais le temple, il est où ?

– En sortant, su ta *gâche*, fit le bonhomme avec un grand geste de son bras droit… vers la droite.

Stanislas sortit puis, avec une certaine hésitation prit le bon chemin qui menait chez le père Brail.

La première personne qu'il rencontra en arrivant à Sussais fut une gardienne de chèvres qui faisait rentrer ses bêtes, tenant un panier dans lequel était enveloppé un bébé ; deux enfants de 4 à 8 ans environ jouaient sur le seuil de la porte avec des petits morceaux de bois.

La jeune femme avait une bonne figure commune mais radieuse de fraîcheur avec ses grands yeux bleus naïfs, sa taille ronde et bien prise, sa tenue proprette malgré sa pauvreté.

Elle pouvait avoir une vingtaine d'années, peut-être plus, car son visage avait cette gravité réfléchie qui caractérise d'ordinaire les filles du pays poitevin.

Le jeune homme lui demanda où se trouvait la ferme du père Brail.

– La ferme dau père Brail ?…Vous prenez le *prema ch'min* su *vot'drète*, vous filez tout *drèt* et vous arrivez à la barrière su *vot'gâche*.

Elle parlait avec un fort accent de la région et lui souriait. Cette amabilité lui rappelait l'esprit de communauté intime qu'il avait parfois trouvé dans les villages, et il se sentit réconforté en repartant.

Comme il faisait maintenant presque nuit, il eut du mal à se repérer. En arrivant, il ne voyait que la cour, la maison et le ciel. Tout à coup, un âne se mit à braire, ce qui fit sourire le jeune homme au souvenir du petit moine et de son âne.

Il s'avança donc dans la cour et le chien se mit à aboyer fortement. À ce moment, la porte de la maison s'ouvrit et un jeune homme parut qui ressemblait à François, mais qui n'était pas François.

Stanislas salua et demanda si François était là.

L'autre parut surpris et répondit d'un ton peu aimable :

– Que li v'lez- vous ?

– Je suis Stanislas son camarade de régiment, et je viens voir François.

L'autre se mit à rire, ne comprenant pas. Au même moment, un homme se montra, probablement le père Brail, et demanda :

– *Qu'éto* qu'o y'a ?

– Ol'ét un gâs qui d'mande François.

– François ?...Bon, entrez dun, i nous *espliqu'rons meu* dans la *mésun*. Voyons, *qu'éto* qu'l'a core fait *queme* connerie *cho* galopin ?

Stanislas secoua ses sabots contre la pierre de seuil et entra. Il expliqua alors que leur fils avait été son camarade de régiment et qu'il venait le voir.

– Seul'ment François, l'ét pu *ichi*, déclara le père, l'a ramassé son *pachèt* et ol'ét tant *meu* !

– Que l'ale au *diabe* ! rétorqua le fils.

L'animosité envers son camarade que Stanislas ressentait à travers les paroles du jeune homme acheva de le déconcerter.

– Mais, où est- il ?

– I'en sais rin et i m'en fous, renchérit-il encore.

Alors la mère, s'étant approchée lentement du pauvre voyageur consterné, lui dit avec beaucoup de tristesse et d'émotion contenue :

– Vaut *meu* qu'vous vous en alliez ; François ét parti et le *r'vindra* pu.

Le ciel lui tombait sur la tête. Jamais il n'avait envisagé l'absence de son camarade. Face à une sensation de malaise, plongé dans une stupeur incrédule, les mots ne sortaient plus. Abasourdi, sans dire au revoir, il s'enfuit.

Stanislas était anéanti. Il voyait s'effacer et mourir ses pauvres espérances. Tête basse, cœur lourd, il regagna le chemin du retour.

François parti, mais pourquoi ? Il lui avait pourtant dit qu'il voulait rester dans la borderie de son père, dans la vie joyeuse de son village et du travail qui ne manquait pas. Que voulait dire cela ? Pourquoi lui en parlait-on avec tant de rancune ?

Et maintenant, qu'allait-il faire ? Pour lui, c'était l'inconnu, le vide absolu ; une immense tristesse envahit le jeune homme.

Il reprit lentement sa marche dans la nuit noire vers ce village inconnu que François avait déserté. Il faisait froid maintenant, un cent d'aiguilles lui picotaient les joues et la bise lui empoignait la barbe.

Face à son désespoir, il marchait maintenant courbé sous le joug d'une même pensée, terrible : qu'allait-il devenir ? Où aller ? Son visage avait pris cette expression uniforme que donne le malheur, n'entendant que le bruit monotone de ses pas.

Il n'avançait plus que l'esprit vague, la bouche serrée, paraissant arracher chacun de ses pas à la terre.

Tout à coup, une porte s'ouvrit, et dans l'encadrement de la lumière pâlotte, une silhouette de femme lui apparut. C'était la gardienne de chèvres qu'il avait rencontrée sur le chemin. Sans doute le guettait-elle car elle s'approcha et lui dit :

– Vous étés *déjha* de *r'tour* ?

– Oui !

– Vous avez pas vu l'père Brail ?

– Si, je l'ai vu, répondit-il tristement.

– Ol'a pas l'air *d'ala* ; v'lez-vous rentra *bouère* un verre de vin ?

– Je veux bien !

Il entra. C'était une masure à l'aspect décrépit, un maigre feu réchauffait à peine la pièce, un bahut de bois blanc vermoulu, deux lits à demi cachés sous des rideaux de toile rapiécés, une table recouverte d'une toile usagée et quelques chaises éclopées composaient le mobilier.

Les deux enfants mangeaient une soupe claire et le bébé dormait dans un petit lit.

Les regards des enfants se posèrent sur le visiteur avec curiosité et celui de la jeune femme était sans méfiance.

Elle avait une tête à avoir des joues rondes, son accent un peu bourru était celui d'une paysanne, mais ses joues étaient trop creuses, ses yeux trop brillants, cernés de fatigue.

– Asseyez-vous, dit-elle i va *coucha* les drôles et *apra*, i caus'rons. V'lez-vous une *assiétaïe* de soupe ?

Il refusa, ayant la gorge nouée.

Combien avait-il fait de kilomètres pour arriver jusqu'ici ? Il n'en savait rien, mais il était las, extrêmement las, et n'avait aucune envie d'aller plus loin.

S'il avait suivi cet interminable chemin qui allait de Jasney à Cherveux, ce long décor changeant qui lui avait procuré tant de misères, endurées avec beaucoup d'héroïsme, ce n'était pas pour repartir.

Le silence fait d'un mélange de souvenirs confus et d'obscurité régnait dans la pièce

– Mais, demanda la jeune femme, de voure venez-vous ?

– Oh ! de bien loin. J'ai traversé la France pour venir travailler à Cherveux.

– Traversé la France pour venir travailler à Cherveux ? Ol'ét d'la folie !

Elle ne comprenait pas. Incrédule, soupçonneuse, elle le regardait curieusement, se demandant s'il disait vrai. Elle haussa les épaules avec une légère ironie et se tut. Au fond, ça ne la regardait pas, les gens vivent comme ils veulent.

Mais pourquoi un homme va-t-il si loin pour aller chercher ce qu'il peut trouver chez lui ? *Qui qu'ol'ét qu'cho gâs ?*

Ils demeurèrent un long moment silencieux.

– Vous avez l'air d'un jhau battu ! dit la jeune femme ce qui n'occasionna aucune réaction du voyageur. Avait-il compris ?

Une heure après, ils étaient tous les deux installés devant la cheminée, et lorsque Stanislas lui eut expliqué la raison de son retour aussi rapide, la jeune femme qui s'appelait Louise, raconta : lorsque après sept ans d'absence, François était revenu du régiment, son père et son frère l'avaient considéré comme un intrus. Pendant que l'aîné était au loin, le plus jeune en avait profité pour s'imposer et au retour du soldat, les choses s'étaient envenimées. Alimentée par quelques traits mordants, leur affaire avait tourné à l'aigre, les parents soutenant le plus jeune.

L'insatisfaction de cette condition de vie, les rêves et les aspirations brisés après un chagrin d'amour avaient incité François à partir. Par désespoir sûrement, l'impossibilité de vivre avec sa famille après ces sept ans loin d'elle, il ne pouvait plus s'adapter.

Il avait pourtant dit à Stanislas : « Chez nous, on est *benèse* » et il était devenu un éternel insatisfait.

Il montait parfois dans une barque sur la Sèvre et il se voyait partir pour une lointaine aventure, à la manière de Robinson sur son île déserte. Mais la barque allait bien lentement et le courant était bien paresseux pour atteindre une terre nouvelle. Ce devait être autre chose sur la mer. La mer, il en rêvait ; partir affronter le monde, c'était un mirage peut-être, mais nécessaire à sa propre maturité.

Alors pour le jeune homme, tout commencer ou recommencer avec une vie nouvelle et meilleure, il y pensait chaque jour.

Un soir, le père avait surpris ses deux fils en train de se battre dans l'écurie.

– Va-t-en ! avait-il crié à son aîné. Quand t'étais pas là, tout allait bin ! va-t-en !

François s'en était allé le jour même.

Quelque temps après, on avait appris qu'il était à Rochefort, attendant de partir sur un bateau pour une destination très lointaine.

Puis Louise se tut, et le silence s'installa entre eux. Stanislas baissait la tête et elle respectait son silence, comprenant son tourment. Tout à coup elle se leva et dit :

– Mais *i* cause, *i* cause et vous étez trempé *quem'*une soupe.

– Le grand air me sèchera.

– Vous craignez pas que le *fret* vous saisisse ?

– Ma foi non ! Je suis habitué aux intempéries maintenant.

L'aspect malpropre du voyageur ne l'effrayait pas, elle n'avait ni dégoût, ni crainte. Ils demeurèrent encore un long moment silencieux. Une bûche s'écroula dans la cendre, quelques fragments s'enflammèrent et la pièce fut un instant, éclairée vaguement par leur reflet.

Elle s'inquiéta de savoir où il allait passer la nuit.

– Je n'en sais rien, répondit-il d'un air las, j'ai souvent dormi à la belle étoile ou au pied d'un pailler, j'ai rarement été malade, mais j'avoue que ce soir, je manque d'énergie.

Et une sensation pénible se refléta sur sa physionomie. Son front se pencha un instant sous le poids d'une grande tristesse. Puis secouant son accablement et ce sentiment de mélancolie subite, il se leva en disant : « Il faut que je parte maintenant. »

À le voir si mal en point et tant de détresse dans le regard, elle pensait que le pauvre diable n'avait pas le choix.

Louise resta pensive un moment puis elle dit « venez ».

Et ils se dirigèrent vers l'écurie aux chèvres. Les bêtes étaient couchées, calmes, indifférentes, ne s'occupant nullement des deux arrivants.

La chaleur de la litière, de paille macérée, l'odeur de bouc, du pelage caprin emplissaient l'étable jusqu'au toit. Il se rappela tout à coup que Mélina aussi aimait l'odeur des chèvres, elle était pourtant délicate.

Stanislas eut un léger recul, mais la jeune femme se dirigea dans le fond de l'écurie, à droite où s'entassait un large tas de foin.

– Si vous v'lez *coucha chi d'dans*, vous y *s'rez* à *l'abric* ; les *cheuvres* vous *dérinjh'ront* pas et y'a pas de rats.

Le jeune homme se dit qu'après tout, il avait vu pire, il serait bien mieux que dehors, tout en pensant qu'il aurait préféré le lit de la gardienne qui, peut-être, soupirait aussi. Mais après une « bonne nuit » souhaitée à voix presque basse, elle s'en retourna à la maison.

Puis les chèvres se mirent à bequeler. Dormez donc, c'est la nuit.

Le lendemain matin, après un bon sommeil réparateur bien qu'il ait eu trop chaud, Stanislas sortit très tôt. Rien ne bougeait, que les chèvres qui se mirent à gratter et la porte de l'étable qui grinçait un peu. Quel bruit ça faisait dans ce silence ! D'un coup d'œil rapide, il inspecta encore la pauvre chaumière, puis s'élança à travers la campagne.

Dehors, une odeur d'herbes mouillées, d'engrais et de semences embaumait. C'est une odeur qui chante, celle-là !

Le matin commençait à peine à s'installer au-dessus du château que Stanislas, son baluchon sur l'épaule, était déjà planté au milieu de la rue, enfonçant ses poings dans les poches de son pantalon.

Le village sortait de son alanguissement, des visages tendus aux fenêtres levèrent le menton vers le ciel. Des portes s'ouvraient. Des silhouettes emmitouflées sortaient en quête de nouvelles. Les nouvelles ? Bah ! On les savait.

LOUISE

Louise la gardienne de chèvres, lui avait recommandé d'aller voir au château s'il y avait du travail ; hélas ! pour l'instant, on ne prenait pas de nouveaux journaliers, mais le régisseur lui indiqua une ferme où on était susceptible de l'embaucher.

C'est ainsi que pendant plusieurs mois, il fut journalier agricole. C'était un métier qui n'avait jamais enrichi son homme à cette époque. Bien sûr, un journalier, comme l'ouvrier agricole, le grade le plus bas dans la hiérarchie des campagnes, ce loueur de ses bras qu'on couchait souvent dans l'étable avec un morceau de pain noir et grossier, unique récompense pour un si lourd labeur.

Stanislas faisait parfois des kilomètres pour aller travailler dans certaines fermes. Parfois il rencontrait un autre ouvrier qui allait au travail comme lui. Ils faisaient alors un bout de chemin ensemble, ou alors ils se croisaient. L'ordinaire des fermes restait maigre, quelquefois une tranche de pain avec une demi-sardine.

Pourtant, dans quelques grosses métairies, la nourriture était plus abondante. Le jeune Saônois retrouvait même en Poitou la godaille, qui était aussi une pratique de son pays. Les bourguignons additionnaient toujours leur soupe de vin, ce qui, affirmaient-ils, faisait gagner 40 ans sur le médecin.

Il découvrait des fermes prospères gérées par des cultivateurs propriétaires, ainsi que de nombreux fermiers et bordiers. Tous ces paysans se faisaient entre eux une guerre féroce en dépeçant le territoire pour acheter des parcelles à tour de bras. Mais cette concurrence était toujours au détriment des petits fermiers.

Le jeune homme logeait dans une vieille cabane abandonnée, sans confort ni chauffage. Des voisins lui avait donné une paillasse, un réchaud et une casserole. Dans les fermes où il était nourri pendant le travail, on lui donnait quelques légumes pour son dimanche, parfois un bout de lard et ça lui suffisait.

Quelques semaines après son arrivée, des copains bien intentionnés lui avaient fait guetter « la mitarde » toute une nuit, sans résultat, bien sûr. Il s'y était laissé prendre mais cette farce ne fut pas du tout de son goût.

Un dimanche, il rencontra Louise la gardienne de chèvres. Celle-ci s'informa de son activité, puis elle l'invita à venir prendre le café, ce qu'il accepta. Il était heureux que quelqu'un, enfin s'intéressât à lui car, depuis qu'il était à Cherveux, on l'ignorait totalement. Rarement les hommes portaient un doigt à leur casquette pour le saluer, même l'idiot de l'alcool qui portait son nez comme une enseigne. On ne le saluait pas, on ne lui serrait pas la main, on ne le priait pas d'entrer dans les maisons. Rien de tout cela pour cet homme venu d'ailleurs et dont on ne connaissait rien. D'ailleurs d'où sortait-il? Quel hasard l'avait amené à Cherveux? C'était la complète indifférence comme il l'avait ressenti beaucoup de fois. C'était un étranger puisqu'il parlait français, presque le seul à part les instituteurs.

Il faut dire qu'il était arrivé à Cherveux en assez mauvais état, sale et fatigué. Pourtant, il se serait senti réconforté par quelques verres de vin. Aussi était-il tout joyeux en prenant le chemin de Sussais.

Stanislas passa un agréable moment auprès de la jeune femme. Il apprit alors qu'elle s'appelait Louise Valade et avait 27 ans. Fille-mère de 3 enfants, (raison pour laquelle ses parents l'avaient rejetée), l'aînée, Louise, avait huit ans. Le deuxième, Henri, avait 4 ans et la petite dernière, Élise, n'avait que 6 mois.

Ils faisaient partie des pauvres que l'on nommait les indigents de Cherveux et la commune devait donc subvenir à certains de leurs besoins. Avec ses chèvres, ses poules et ses lapins ainsi que la générosité des voisins, la famille arrivait tout juste à vivre.

Mais Louise ne se plaignait jamais ; têtue comme une chèvre de Gâtine, elle ne tolérait pas qu'on l'aide physiquement.

– Ma, tant qu'i és pas bu ma tasse de café, o y'a peursoune, disait-elle.

Elle était bonne, mais Stanislas trouvait qu'elle était encore plus déboussolée que lui. Elle avait traversé les brutalités de la vie et avec ses trois enfants, elle était ligotée dans un carcan d'impératifs féroces. L'heure n'était-elle pas à la pureté et à la vertu, mais on ne traquait pas toujours la vulgarité.

Un courant de réprobation condamnait la pauvre fille en lui lançant à la figure des abominations telles que « traînée » ou « salope ». Une pécheresse récidiviste, on ne pardonnait pas.

Quelques saintes femmes dénonçaient le mal et prophétisaient le pire en harcelant le ciel de prières appelant la vengeance. Non ! non ! on ne pouvait pas excuser de telles défaillances.

– Bon *yû d'égllise*, *diabe* de *mésin* ! pensait Louise.

Parmi ces marmottements venimeux, la jeune femme vivait un peu à l'écart, promenant ses enfants et ses chèvres, bienveillante, obstinée à vivre sa vie sans embêter le monde, sentiment qui paraissait la soutenir.

Pourtant il n'était pas facile de rompre et de briser le carcan social, de braver seule l'opinion publique contre la tyrannie des idées reçues et préconçues.

La lutte était dure dans un environnement humain peu propice à l'émancipation de la femme dans un monde rural, révélateur des tensions sociales, des hiérarchies et des divers types de pouvoir.

L'aînée des enfants, Louise, ayant bientôt neuf ans, sa mère la plaça dans une ferme comme petite servante. Lorsque Stanislas lui demanda pourquoi elle n'envoyait plus sa fille à l'école, elle répondit :

– *Ma drolasse gagne moué dare les vaches qu'à* l'école !

Dans ces familles défavorisées ou réduites, cela faisait une bouche de moins à nourrir et les classes dominantes puisaient ainsi dans la réserve une main-d'œuvre sous-qualifiée, donc moins exigeante.

Cet hiver-là, un froid vif et sec envahit la campagne. Le jeune homme souffrit beaucoup de ce froid qui l'engourdissait. Le travail étant au ralenti dans les fermes, il devint alors scieur de long.

Les scieurs de long gagnaient 1,50 F par jour et emportaient leur pain. Stanislas n'avait souvent pour déjeuner qu'un morceau de pain sec et trois ou quatre noix. C'était peu, mais les copeaux et les déchets lui appartenaient. Ces ouvriers recevaient donc pour leur travail un paiement en argent et un paiement en nature. C'était un métier que le jeune homme avait pratiqué dans son pays.

Dans les régions boisées, il y avait tous les ans les coupes particulières pouvant être mises en pratique par des travailleurs agricoles à toutes mains. Ces travaux exigeaient le concours des bûcherons, des façonniers, des charretiers et d'autres ouvriers que l'on rencontrait chez les artisans inoccupés de la culture. Tous ces travaux qui plaisaient beaucoup à Stanislas s'arrêtaient le printemps arrivé.

Certains dimanches, il prit l'habitude de venir à Sussais chercher refuge auprès de Louise et de ses enfants. Leur compagnie lui était devenue précieuse et nécessaire.

Il emmenait la mère et les enfants pour de courtes promenades dans les champs ; puis il l'avait serrée contre lui et elle avait refermé ses bras autour de son cou pendant que les enfants cueillaient des bouquets de marguerites. Par la suite, il employa ses heures creuses à lui tresser un panier avec des lanières taillées dans du bois de hêtre comme le lui avait appris le vieux vannier.

Avec ses débraillés, ses mollesses de hanches lasses, ses odeurs puissantes, ses soupirs et son air vautré, la jeune femme posait sur lui son lourd regard intraduisible.

Malgré ses aventures incontrôlables, ce qui était certain, c'est qu'elle paraissait disposée à s'attacher à un homme, et cet homme était le vagabond qu'elle avait recueilli un soir, en le mettant à coucher avec les chèvres, regrettant fortement de ne pas l'avoir mis dans son lit.

Celui-ci, souffrant tellement au point d'en être aigri, fit de l'humble gardienne de chèvres, sa dame de cœur. Il commença par espacer ses nuits dans sa cabane maintenant qu'elle avait pris le dessus, comme on dit. Il ne pouvait pas l'empêcher de se pelotonner contre lui, et quand sa jambe touchait la sienne, il ne pouvait pas ignorer l'effet que cela lui produisait.

Louise décidément n'était pas une fille ordinaire ; il était arrivé dans son lit avec plus d'un an d'abstinence et il avait la surprise de la trouver aussi passionnée que lui. Il délaissa donc sa mansarde pour s'installer définitivement chez elle, ce qui fit jaser les voisines :

– *Le va pas la vare per secoua daus prunes, dazar !*

Stanislas voulait maintenant cette fille, et ce caprice avait pris en peu de temps la violence d'une tornade.

Cependant, le bourg avait les yeux fixés sur eux. C'était toujours les mêmes vieux conflits entre les filles-mères, les vierges vinaigrées et les femmes mariées.

Et puis, on savait bien qu'une femme non surveillée au corps libre de tout engagement pouvait chercher à s'emparer d'un homme quel qu'il fût et les autres femmes n'étaient pas sans craindre cet effet.

– Ol'ét t'honteux ! disaient-elles en jetant à Louise des regards de vipère ; ol'ét t'honteux !

Quant à Stanislas, il se demandait s'il n'y avait pas des « salopes » qui avaient plus de mérites que des saintes.

Il faut dire que depuis longtemps, les « pourvues d'hommes » se pavanaient devant Louise avec un balancement de hanches satisfaites qui disaient à quoi elles devaient leur sécurité, et on jugeait diversement cette situation inhabituelle, brusquement envenimée jusqu'au conseil municipal.

– Voyons, disait l'un des conseillers, je crois que personne n'accepterait pareille situation !

– Alors je vous demande, disait l'autre, convient-il de leur servir une aide d'indigent ?

– Je ne crois pas qu'il soit souhaitable de peupler la commune de bâtards !

– Allons, allons messieurs, le terme ne figure pas encore dans les statistiques et ce n'est pas important.

– Il faut pourtant y penser. Nos responsabilités morales sont en jeu.

– Bon, mais attendons la suite des événements.

Cette « traînée », les hommes aussi l'auraient bien ramassée volontiers, sans quoi ils ne s'acharneraient pas autant sur elle. Mais c'est là un sentiment que l'on n'avoue pas.

Une autre fille-mère se trouvant dans le même cas que Louise, le garde-champêtre tomba là-dedans et jugea la situation d'un coup d'œil.

– *Cré fi d'putin* ! s'exclama le factionnaire, ol'ét *core* le *chu* qui les *meune chés* sacrées *fumèles* !

Pour calmer le village de son énervement, quelque temps après, Stanislas et Louise passèrent devant monsieur le maire au grand ébahissement des commères.

– Quand on sera mariés se disaient-ils, on n'aura pas de compte à leur rendre à ces chuchoteuses de corridors. Si elles savaient le cas que je fais d'elles, comme il s'allongerait leur nez !...

Stanislas épousait donc la mère avec les trois enfants qu'il reconnut. Le jour du mariage fut un jour aussi banal que les autres jours. Il n'y eut point de réjouissances, de buvettes, de guirlandes ou de lampions multicolores se balançant au vent, pas d'amoncellements de victuailles et de gâteaux massifs comme des meules, de tonneaux de vin ni de tables garnies de draps blancs.

Le soir, ils se retrouvèrent face à face à la table de la cuisine attendant la soupe qui chuchotait dans le potager. Ils ne disaient rien, mais dans leurs yeux passait le reflet d'un sourire et d'une confiance réciproques.

Barbouillés de confiture, les enfants jouaient. Par moment, un tison s'échappait du foyer pour retomber à côté. Louise se levait, redressait le feu et retournait à table, tous deux se taisant ensemble devant leur assiette.

Sans rien changer au cours de leurs jours et de leurs nuits ils allaient suivre leur destin.

À Cherveux, il y eut la soupe à la grimace lorsqu'on apprit que cet étranger avait marié la Louise, une traînée qu'avait trois champis.

– *Sunjhez-dun* ! trois champis !

– O dès pas *éte* un gâs *d'grand'chouse per s'at'la* avec une *fumèle* de *rin* !

Et l'autre renchérissait :

– En tout cas, avec *chèle* catin, l'ara pas *l'entamure*.

Mais Stanislas pensait qu'il n'avait pas à discuter ses affaires de famille dans la rue, les bigotes n'avaient qu'à aller se mettre au vert avec le curé ainsi que les autres « pincées du bec » qui avaient la vertu aussi imprenable que le portefeuille du notaire.

En même temps que Stanislas s'installait avec Louise, le patron de la ferme où il travaillait lui signifia son congé. Prendre une fille avec trois champis ne pouvait pas être le fait d'un homme honnête qui venait on ne sait d'où !

L'être humain n'est pas toujours doué de raison et Stanislas était furieux. En plus, c'était une époque de vaches maigres, toutes les fermes qui végétaient aussi avaient leurs valets.

Alors il se présenta à la carrière de Brangeard et, de chance pour lui, un ouvrier venait d'avoir un accident. On l'a donc embauché, pouvant ainsi assurer le pain à sa famille.

HEURS ET MALHEURS

Le travail était très dur à la carrière. Pendant cinq jours, il travailla 18 heures sur 24 sans savoir dans quelle galère il s'embarquait.

À la carrière de Brangeard, on y extrayait des pierres qui, une fois cassées, servaient à l'empierrement des chemins.

Une carrière comporte différentes qualités de pierres selon les veines ou bancs de calcaire.

Le travail du carrier se faisait à la main avec des outils très simples : la lance, le taillant et les pics, fournis par l'entreprise. L'extraction de la pierre se pratiquait uniquement par la méthode de la tranche comme on le faisait depuis des siècles. L'outil essentiel était la pioche ou pic de carrier.

Une fois que le premier bloc était dégagé, l'extraction des blocs suivants était plus facile. D'autre part, le travail était dangereux et les revenus faibles.

Pourtant, l'administration payait toujours un bon prix la pierre de carrière brute, et surtout cassée. Les entrepreneurs recherchaient aussi les pierres à bâtir ainsi que le sable et le gravier pour la construction.

Tout ce travail ne profitait guère à la famille. « Ol'ét pas *châ* qui gagne *l'avouène* qui la *minjhe* », disait Louise.

Stanislas rentrait le soir harassé de fatigue. Dans son paradis rempli de crainte et de misère, il retrouvait sa femme toujours égale à elle-même.

Elle riait souvent de tout, de rien. Elle émettait des petits cris de joie, disait des choses en patois que son mari ne comprenait pas. Elle soignait ses enfants à la farine de moutarde ; plus ça chauffe, plus ça fait de l'effet.

Elle recueillait des chats perdus, ce qui causait parfois des problèmes de cohabitation. L'année d'après, une première fille leur naquit. Lorsque Louise eut ses premières douleurs, son mari courut bien vite chercher la sage-femme du pays qui habitait Cherveux et s'appelait Esther Boutet.

C'était une grande et forte femme, au regard noir et vif, à la peau foncée comme une Maghrébine, d'où son surnom de « la *négresse* ». Le bonnet de dentelle bien d'aplomb sur la tête, un corsage très ajusté faisant ressortir son opulente poitrine, elle était toujours engoncée de plusieurs « *cotlluns* » les uns sur les autres ce qui lui donnait encore plus d'importance. Sa sacoche de cuir avec tous ses ustensiles sous le bras, sa devise était : « Malgré l'honneur et la vertu, il faut ici montrer son cul. »

De son pas lourd et décidé, elle entra résolument dans la maison et se dirigea directement vers le lit où gisait Louise en déclarant d'un ton péremptoire à Stanislas :

– Tu *t'arraches* de là, *ma*, *i'és* pas *b'sin* d'ta !

Comme il ne bougeait pas, interloqué, elle le poussa dehors : *Allè ouste* ! va *t'prom'na* ! Lorsqu'il revint une heure plus tard, un bébé tout propre dormait dans le petit lit que le père avait fabriqué.

– Fais mi une *boune trempine* au vin ! lui demanda alors la sage-femme en s'asseyant à la table.

Cette naissance leur avait coûté 10 francs, représentant 4 jours de travail à cette époque où le salaire moyen d'un ouvrier non nourri était de 2,66 F.

Huit mois après, ce fut une autre fille qui arriva. Il fallut encore faire venir la sage-femme avec son bonnet, ses « *cotlluns* », sa sacoche et son pas lourd. L'accouchement terminé, elle réclama encore une bonne *trempine* au vin et de nouveau 10 francs, prix de son travail.

Passe encore pour la *trempine*, mais les 10 francs parurent assez excessifs au père pour un effort que seule Louise avait accompli… pensait-il.

– Un drôle ét pu vite fait qu'un cent d'fagots ! lui dit alors madame Boutet devant la réticence de Stanislas à régler son dû.

Mais la maladie et la mort ne les épargnèrent cependant pas, et la petite Élise qui avait quatre ans, décéda cette même année. Ce fut un immense chagrin.

Alors ils ont voulu s'arracher à la déprimante tristesse de ce coin de Sussais. Le père chercha un local plus grand ; pas facile, surtout quand on ne connaît personne.

Ils allèrent donc au Petit Franc, où le propriétaire, un grigou à demi cinglé, faillit les rejeter à la rue parce qu'ils n'avaient pas rempli une formalité.

La maison avait été laissée à l'abandon et l'accès de la porte s'avérait très embroussaillé. Le jardin n'était qu'une friche d'herbes et de ronces.

Au bout de quelques mois le père avait fait du mortier, nettoyé le puits, rangé le bois dans la cave et la maison était redevenue habitable. D'une souillarde, il avait aménagé une autre chambre pour les enfants et ils se tassèrent ainsi tous les cinq dans deux petites pièces à peine meublées où les lits en remplissaient la moitié. Leur petit logement bien tenu était un peu en dehors du hameau, ce qui donnait une tranquillité relative. Ils n'entendaient pas trop les litanies des revendications journalières ni les cancans venimeux des commères. D'ailleurs, ils ne voisinaient guère.

Entre-temps, Stanislas était devenu fardier, s'étant même spécialisé dans ce transport particulier. C'était moins frustrant que le travail de carrier car, toujours éclairé à la lampe à carbure, celui-ci ne voyait pas beaucoup le soleil.

– J'ai usé mes jambes à venir ici, maintenant j'use mon crâne, disait-il.

Avec plusieurs chevaux et une charrette, le fardier véhiculait le calcaire jusqu'au four à chaux, classé établissement insalubre à cause de la chaux vive qui produit une poussière blanche irritante.

Le travail était très dur car il faisait très chaud à la gueule du four, aussi les bouteilles étaient-elles toujours prêtes pour accompagner le casse-croûte. Certains ouvriers devenaient alcooliques.

Les charretiers étaient fiers de leurs attelages et mettaient un point d'honneur à les entretenir parfaitement. L'équipage faisait travailler les bourreliers, les charrons et les maréchaux-ferrants, et les ouvriers de la carrière faisaient travailler les cafés où ils se réunissaient après la débauche pour boire le coup et fumer. Stanislas fumait un champ de tabac à lui seul, allumant chaque cigarette avec le mégot de la précédente, puis il vous regardait avec lassitude à travers la fumée.

Les ouvriers faisaient ainsi le tour des cafés qui, tous, regorgeaient de buveurs, tandis que les cafetiers entretenaient la soif de leurs clients, leur faisant oublier l'heure sans cependant prendre partie dans leurs discussions.

Un verre après l'autre, et puis on cause, on chante, et voilà qu'on finit par avoir son compte sans s'en douter.

Ce sont les gaietés de la journée, n'est-ce pas ? Il faut bien en trouver pour rire un peu et chasser la tristesse.

Tout en se bourrant le nez de tabac pour, sans doute, se dégager le cerveau des humeurs et se garder l'esprit clair, Stanislas racontait des histoires sans truquer, en y mettant la couleur et le temps. En conteur-né, il se contentait de mettre en forme, en verve même, des anecdotes dont l'inspiration lui était fournie par sa vie réelle qui sortait de la banalité. Sa mémoire débordait de tant de choses.

En revenant à la vie civile, au milieu des champs et des chemins creux, à l'écart des grands centres de civilisation, il rapportait un peu de l'air agité des villes et une disposition mentale à vouloir étonner par des idées nouvelles ceux qui n'avaient jamais bougé de chez eux.

En dehors de sa famille, il avait connu une autre vie que celle de la campagne où peu de jeunes avaient la possibilité de changer de condition sociale et où les femmes étaient encore considérées comme inférieures.

À Cherveux, quelques enrôlements avaient bien eu lieu mais peu nombreux et ils ne troublèrent point la quiétude du pays.

Les jours de foire, le vin aidant, l'homme aimait particulièrement narrer le glorieux fait d'armes auquel il avait participé lorsqu'il faisait partie du corps de volontaires, « les chasseurs des Vosges ».

C'était en janvier 1871, le gouvernement de la Défense nationale donna la mission d'interrompre les communications des Allemands par la destruction de la grande voie ferrée de Strasbourg à Paris. Par moins 21° C, dans la neige, sur un parcours périlleux, les soldats durent traîner des charrettes chargées de la poudre destinée à faire sauter le pont de Fontenoy-sur-Moselle, entre Nancy et Toul. C'est dans la nuit du 21 au 22 janvier qu'ils arrivèrent à destination.

Malgré un poste prussien de 50 hommes, les soldats enlevèrent les rails et coupèrent les fils télégraphiques ; les piles du pont avaient été remplies de poudre, et à 7 heures du matin, une formidable explosion se faisait entendre. La marche de l'ennemi était arrêtée, leur causant un grave dommage.

Mais il y eut des représailles. La fureur des Allemands fut si grande qu'ils pillèrent d'abord le village, en chassèrent les habitants à coups de crosse de fusil et le village fut incendié.

Là, Stanislas s'arrêtait en savourant l'effet produit sur les autres qui écoutaient, attentifs. Une curiosité animait leurs yeux tandis qu'ils tendaient leur visage vers le conteur qui savait exalter l'intérêt de son auditoire.

L'homme, dont chacun savait que par le chemin parcouru, la mémoire et l'art de dire était sans pareils à Cherveux, gardait le silence pour jouir encore quelques instants du pouvoir de celui qui détient un grand secret. Puis il terminait :

– Cela était signé : « Von Smadel, Commandant d'étapes ».

À cette époque, l'auréole des soldats avait un prestige presque surhumain. Tous ressentaient alors un certain respect pour le valeureux guerrier qui en profitait, ne se gênant pas de dire à certains Cherveusiens que, privés de leur héritage, ils n'auraient pas mieux valu que lui, Stanislas.

Il fallait bien lui reconnaître une faculté de parole qui le rendait redoutable. Il avait toujours le sentiment que, lorsqu'on se croit capable d'accomplir quelque chose, si on met dans son projet le meilleur de soi-même, on doit en venir à bout.

Deux ans après, Stanislas eut la grande joie d'avoir un garçon, qu'on appela Arsène, puis un an après, un second garçon, prénommé Alcide, né le 8 décembre 1884.

La famille s'agrandissait et la misère aussi. On faisait maigre plus souvent qu'en carême. Les aînés fréquentaient l'école jusqu'à huit ans, puis, les uns après les autres, allaient travailler dans les fermes.

Louise ne pensait pas souvent à elle, ses enfants et son mari passaient en priorité et les journées de 24 heures étaient bien employées surtout avec la venue d'une autre fille, Alice.

Le père avait maintenant adopté les coutumes du pays. Comme lorsque deux paysans s'abordent, se demandent le portement et se réfèrent ensuite au temps qu'il fait. Si les cultures souffrent on dit alors qu'o durera de *minme* jusqu'au renouvellement de la lune, et quand o mouille de bas, o mouillera à *jhorna*. Comme il ne chantait toujours que ses chansons militaires, Louise et les enfants lui apprirent aussi la chanson de la mère *ajhasse*.

Étant toujours très entreprenant, Stanislas tressait de nombreux paniers de toutes formes et toutes dimensions.

Pour les petits gabarits il se procurait de longues tiges de chèvrefeuille qu'on appelait du brou de lait. Il faisait bouillir ces tiges dans un chaudron afin de les peler plus facilement. Le bâti du panier était en châtaignier avec des branches de 2 ou 3 centimètres de diamètre qu'il faisait griller dans la cheminée pour enlever l'écorce. Ces branches étaient ensuite fendues dans le sens de la longueur en longs rubans sur une épaisseur de 1 ou 2 millimètres suivant l'importance du panier. Sur un bâti en croix de plusieurs brins, il tressait alors les tiges de chèvrefeuille. L'anse du panier était installée en même temps.

L'ancien voyageur avait bien retenu les leçons du vieux vannier, et s'il n'employait pas les mêmes végétaux, ses paniers étaient aussi élégants et résistants.

Il fabriquait également des petits meubles, chaises en bois, tables, en utilisant le moindre bout de bois, des planches ou des vieux montants de lit. Il cultivait le jardin, s'occupait des poules et des lapins, puis il bricolait à la maison, redressait les volets, colmatait la toiture, consolidait un meuble. Le dimanche, il partait en forêt faire des fagots qu'il ramenait dans une charrette de sa fabrication.

Mais les années de souffrance l'avaient mûri et vieilli et son caractère s'était assombri. Ce n'était plus l'homme rieur et insouciant que Louise avait épousé. Mis à part ses problèmes de travail, Stanislas était plutôt taciturne et s'exprimait peu, sauf quand il avait bu plus que de raison. Alors là, il racontait encore.

Il racontait que dans les petites fermes où il avait travaillé pour venir en Deux-Sèvres, il avait bien des fois mangé son pain sans viande, juste avec un peu de chou. Parfois on se nourrissait de châtaignes, de bouillies, de pains faits de farine de froment, de seigle et d'orge, d'abondantes soupes aux choux, aux pommes de terre et aux oignons, des légumes maigrement assaisonnés, des oignons crus et des fruits verts. Il avait partagé une pomme, une demi-sardine, on lui avait donné trois noix pour son dessert.

Il avait mangé des betteraves crues destinées aux animaux, ramassé des fruits mûrs ou verts sur les chemins, bu l'eau des fontaines et des ruisseaux.

Il avait parcouru les chemins de boue remplis de solitude et les routes plates qui butent aux villages, observé le croupissement des mares sur lesquelles se penchent les peupliers des régions indistinctes ou planes ou vallonnées, soulevé les fourches de bois à l'entrée des champs.

Il n'avait couché qu'une seule fois dans un lit, chez le curé, et il avait eu droit à une paillasse chez les Delmas. Sinon, il couchait dans la paille avec le chien, si celui-ci voulait bien de lui, dans des granges, sur le foin, ou dehors, à même le sol. Ses nuits ont souvent été peuplées de cauchemars.

Il avait rencontré des tas de gens intéressants qui lui avaient appris des tas de choses, des jeunes, des vieux, des voyageurs comme lui qui allaient d'une ville à l'autre à pied. Il avait même rencontré un barbier itinérant allant de village en village pour faire le poil, et un oiseleur qui parcourait les rues en vendant ses petits prisonniers.

Il se souvenait d'un violoniste aveugle qui jouait au pied du monument aux morts, des airs connus. Il avait les yeux clos et le visage incliné. Stanislas s'était assis à côté de lui et l'avait écouté pendant un long moment, essayant de lier conversation. Mais le musicien jouait sans arrêt et sans répondre.

Parmi la foule pressée qui traversait la rue, quelques-uns s'arrêtaient une minute pour écouter la musique puis repartaient dans l'indifférence générale. Stanislas repartit également, assez dépité.

Mais il avait côtoyé aussi d'autres gens plus ou moins honnêtes, dont certains lui auraient bien chapardé sa capote comme son pauvre sac. Les chiens, les voleurs et les gendarmes lui avaient couru après, et il s'en était toujours sorti.

Un jour il avait commis une imprudence folle. En traversant un bois où une partie de chasse avait lieu, il vit soudain une troupe de sangliers déboucher d'un taillis. Il poussa un grand cri et se sauva mais l'un des animaux, devenu féroce, s'était élancé sur lui, l'affaissant sur le sol. Stanislas l'entendait souffler et voyait tressaillir les muscles de ses flancs, puis, saisissant une branche à portée de sa main, il bondit sur ses pieds et frappa la bête d'un violent coup de gourdin sur le mufle. L'animal secoua la tête en grognant et, au même moment, l'un des bûcherons qui travaillait à côté, au cri poussé, accourut et parvint, à l'aide de sa hache, à faire reculer le sanglier que les chasseurs abattirent ensuite à coups de fusil.

Stanislas avait eu grand peur.

Au terme de ce long voyage où il avait traversé la France, un pays aux richesses variées, il lui restait le regret de ne pas avoir tout retenu. Cet ensemble de campagnes riantes, de petites propriétés, de fermes isolées aux gros bourgs épars. Dans les vallées, beaucoup de prés verts, partout des troupeaux, partout des cultures. Et puis, toutes ces petites villes si pittoresques qui s'épanouissaient sous un ciel nuageux souvent, ces merveilleux châteaux des siècles passés et ces immenses forêts, tout ceci n'était-ce pas l'image du bonheur ?

Cependant, il ne parlait pas souvent de sa vie en Haute-Saône, ni de sa famille encore vivante.

Le service public des PTT fondé en 1889 allait lui permettre d'envoyer des nouvelles à sa famille, mais aussi d'en recevoir. Avec le transport du courrier, sa sœur lui écrivait désormais une fois par an au premier janvier.

Il n'avait plus revu Mélina. Pourtant, il se souvenait qu'étant enfant, il courait avec elle les champs et les bois à la poursuite des papillons, mais il n'était jamais retourné à la maison familiale où sa mère était morte depuis déjà pas mal d'années.

Puis, il eut l'immense douleur de perdre son fils Arsène d'une méningite. Les jours qui suivirent furent remplis de tristesse et de reniflements non dissimulés. Louise avait le visage pâle et fermé et le père avait éprouvé un choc violent. Ils avaient du mal à accepter la mort de cet enfant après celle de leur petite fille huit ans auparavant, mais résignés, ils continuaient néanmoins à vivre leur vie au jour le jour, ne se lamentant pas sur leur avenir.

Stanislas s'intéressait beaucoup à l'actualité, il lisait les journaux, commentait les événements, suivait Jaurès participant aux grandes batailles politiques et sociales.

Il avait suivi l'affaire Dreyfus avec passion. Cette affaire d'espionnage à laquelle il ne croyait pas, devenu crise politique, alimentait l'opinion publique en deux camps irréductibles.

Et puis ne voilà-t-il pas que le 28 décembre 1895, naissait à Paris le spectacle cinématographique sous la baguette des frères Lumière. Personne ne pouvait s'imaginer voir bouger les images, et ce fut bien des années plus tard que l'on en eut la révélation.

Sur les chapeaux de roues, l'automobile faisait aussi son entrée dans le siècle. Ce luxe, aussi pétaradant que capricieux, était devenu la passion de l'homme moderne, mais, comme le cinéma, il faudra attendre de nombreuses années avant d'en profiter.

Il avait fait le métier de fardier pendant vingt ans, ce travail ne lui profitant guère, quand Stanislas, fatigué, trouva un emploi de cocher et de jardinier chez madame de Surimeau à La Roche-Cantin, près de chez lui.

Pourquoi ce nom de Roche-Cantin ? Il paraîtrait que c'était un massif rocheux où les gens du pays venaient tirer de la pierre pour leurs constructions. Au pied de ce massif, jaillissait et courait une source qui formait un réservoir : la fontaine.

Les femmes venaient s'y ravitailler en eau potable et y laver leur linge. Hommes et femmes se retrouvaient donc très souvent en ce lieu pour se raconter les nouvelles. Cela s'appelait « faire le cantin ». Le massif rocheux et le cantin avaient donné le nom à la propriété : La Roche-Cantin.

Le teint frais, rasé et mieux tenu, le cocher n'avait pas mauvaise apparence, il gagnait maintenant 5,15 F par jour. En même temps, il devenait plus conciliant, ne faisait plus scandale au café en y développant des théories subversives. D'ailleurs, il ne les fréquentait plus. En vérité, qu'avait-il à faire là-dedans ? pensait-il. Rien, n'est-cepas ? Alors, à quoi bon y entrer et perdre son temps en conversations inutiles avec les fainéants qui pouvaient se trouver là. Maintenant, l'emploi était sûr, en somme, il n'avait jamais été aussi heureux. Ayant été au plus bas de l'échelle sociale, Stanislas sentit par là qu'il venait de franchir quelques échelons.

L'homme fréquentait les meilleures maisons. Ses camarades fardiers disaient qu'il avait changé de condition, surtout qu'il avait délaissé la cigarette pour la pipe.

– Te v'la un *mossieur*, *asteure*, disaient-ils.

Il passait pour un homme de caractère, pourtant, il restait fidèle aux vieux compagnons de « traîne-la-grole », mais il découvrit une chose : c'est souvent le dépit qu'ils ressentent à votre endroit qui vous éloigne des gens.

Ce n'était pas encore l'aisance, mais tout le monde mangeait à sa faim et la famille s'entendait très bien grâce à la vigilance de Louise.

Le jardin était impeccable et les outils nettoyés soigneusement. Les manches ronds, usés aux endroits des mains étaient polis comme un miroir. Jamais il n'aurait rangé un outil sans le nettoyer, faisant reluire l'acier de la binette ou de la pelle.

L'aîné des garçons et trois filles étaient mariés et avaient quitté la maison. Restait Alcide domestique de ferme, et Alice, la dernière. Mais il était dit que le bonheur complet n'était pas pour eux.

En effet, quelque temps après, Alice devait décéder à la suite d'un mal incurable.

Le jour de l'enterrement, à part les invalides et les malades, tout Cherveux accompagnait la famille ; tant de malheur fendait le cœur. Tout le monde s'était rendu compte que Stanislas et Louise étaient des gens courageux, travailleurs, et qui avaient élevé leurs enfants dans l'honneur et la dignité.

Mais ils en avait perdu trois en bas âge et toutes ces épreuves assommaient le père chaque fois qu'elles se présentaient, puis il reprenait courage lorsque maintenant, il voyait ses petits-enfants.

Quant à Louise, elle se noyait dans son chagrin et pleurait souvent. Elle ne riait plus comme autrefois et surmontait péniblement les difficultés. Elle perdait pied entre hier et aujourd'hui et ça n'allait pas en s'arrangeant.

Puis, Alcide, qui était domestique à la ferme de La Rabrie, prit pour femme la jeune servante, qui s'appelait Marie Faucher et qui était d'Augé.

Leurs enfants établis, les parents ne restèrent plus que tous les deux dans leur maison du Petit Franc qu'ils avaient lentement aménagée.

Il n'est pas facile d'imaginer les lourds silences et la mélancolie peut-être des deux époux dans la maison maintenant vide, en face de l'horizon calme du pays Cherveusien, plat, reposant entre tous, si loin de tous les bruits du monde et où toutes les images venaient pourtant évoquer toutes les joies comme toutes les douleurs.

Maintenant, le réseau des routes qui desservaient le pays était en état de permettre des communications relativement faciles avec les moyens de transport dont on disposait.

Pour quelqu'un qui était né une soixantaine d'années plus tôt dans un pays sans routes, dans une campagne surpeuplée et misérable, et qui voyait maintenant des routes nombreuses et sûres, une gare de chemin de fer toute proche, des maisons plus claires, un pays où venait l'aisance, il ne pouvait qu'être ébloui.

Et puis, il s'était créé entre les habitants du bourg et ceux des villages et des fermes une différence notable dans la façon de vivre, surtout en ce qui concernait la nourriture, par la présence d'une bouchère et autres magasins d'approvisionnement.

On ne faisait plus son pain soi-même, on achetait au boulanger des gros pains ronds de 5 kg qui duraient une semaine.

Stanislas et Louise mangeaient mieux, s'habillaient mieux et pouvaient envisager l'avenir avec confiance pour leur famille.

Le père rêvait pour lui-même mais surtout pour ses enfants d'un avenir meilleur encore et de progrès infinis. Il aspirait à plus de confort, plus d'hygiène, plus d'aisance dans une maison plus grande.

L'hiver, la famille allait aux veillées chez les voisins. Autour d'une seule chandelle et d'un seul feu de bois, les hommes cassaient des noix ou tressaient des *bourgnes* et des *palissons* pendant que les femmes filaient.

On racontait des histoires de sorcières ou de galipotes avec ce patois qui avait un relief étonnant. On chantait parfois, car dans ce monde en général assez clos on aimait aussi rire, se taquiner et s'amuser. À cette époque, on parlait beaucoup de Royan et on raillait la mode du costume de bain féminin comprenant un pantalon bouffant au-dessous du genou et une blouse-jupe à manches courtes serrée à la taille. Les hommes portaient un simple caleçon de laine sombre, ce qui obligeait la femme honnête à rougir avant d'avoir eu le temps de détourner les yeux.

Le grand bonheur de Stanislas était ses petits-enfants. Il voulait toujours que les garçons s'appellent Stanislas comme lui, mais les mères n'étaient jamais d'accord ; seul, le premier de ses petits fils le porte comme deuxième prénom. Heureux et fier, il les promenait souvent et lorsqu'on le rencontrait, il ne manquait jamais de les faire valoir par quelques traits d'esprit de leur ingéniosité.

– Et vout'p'tit drôle, qu'en fasez-vous père Bontems ?

– Ah ! M'en parlez-pas !... Tenez, jh'en ai jhamais vu un pareil. Asteure, le veut assassiner les chèvres. Per avoir la paix, jh'ai été obligé de li faire un grand couteau de bois. Ol'ét comme per compter, l'en crains guère. Sa tête travaille tant que toujhour le s'gratte !...

– L'ét si fin qu'cheu cho drôle ?

Oh oui ! L'ét pu fin qu'le drôle à la mère Naulète, ol'ét pas per dire !

Un jour, il avait emmené son petit-fils Henri à la foire à Cherveux où ils avaient déjeuné. En sortant, le grand-père avait engueulé le gamin :

– Maladroit ! Pourquoi as-tu dit à l'aubergiste que t'avais bin déjheuné ? On dit toujhour : Jh'étais pas d'appétit, jh'ai pas pu manjhé. Si t'avais dit comme moi, i'aurions payé 10 sous d'moins !

Le grand-père montait les gamins sur son dos « au grand bounhomme », disait-il. À tous il racontait l'histoire de la mémé qui avait coupé les poils de son nez pour faire un chapeau à la mode. Puis il continuait ; la mode est passée, les poils sont coupés, mémé a pu d'poils dans son nez.

Et les enfants riaient, riaient aux éclats. Mais il leur apprenait aussi les devoirs et le respect. Le respect du pain surtout. « Faut pas *gavagner* l'pain mon drôle, c'est le travail qui nous le donne, faut pas *gavagner* l'pain. »

Après le traité de Francfort en mai 1871 qui entérina l'annexion de l'Alsace et de la Lorraine par l'Empire allemand, le retour des provinces perdues devenait l'un des principaux objectifs de la France. Et puis, il vint un moment où la montée du nationalisme français qui rêvait de revanche révéla l'idée d'un conflit avec l'Allemagne, aussi l'opinion publique se résigna-t-elle assez facilement à l'entrée en guerre de la France le 3 août 1914.

Bien sûr, Alcide partit comme les autres mais revint quelques mois plus tard, blessé, une balle lui ayant traversé le bras. Ne pouvant plus travailler dans les fermes, son père lui céda sa place de cocher.

Le grand-père jardinait donc maintenant à La Roche-Cantin et au château de Cherveux où se trouvait également une petite bonne qui était la sœur cadette de sa belle-fille Marie.

C'était une belle jeune fille qui faisait envie à plus d'un, même au jeune patron. Amoureux de la servante, celle-ci devait s'y brûler les ailes car, quelques mois plus tard, elle était enceinte.

À qui se confier pour obtenir un conseil, sans être obligée d'avouer publiquement sa honte qu'elle désirait cacher le plus longtemps possible, espérant encore que tout s'arrangerait ?

Mais dans la famille du jeune homme ce fut un beau scandale. Pas question de se déconsidérer en épousant une servante. Au château, on s'accordait avec la morale qui consiste à épouser les filles d'un certain rang, tandis que les autres appartiennent à une catégorie inférieure. Plus ces gens réfléchissaient, plus ils se découvraient des motifs de rester sur leur position. Question de dignité d'abord, évaluation mesquine et méprisable de la valeur de l'individu.

Dire l'écœurement de Stanislas devant tant d'insolence, il faillit aller faire un scandale.

La pauvre fille fut donc chassée et trouva refuge dans sa famille où on l'accepta généreusement dans son état.

Stanislas correspondait toujours avec sa sœur qui était restée en Haute-Saône. Sa dernière lettre mentionnait ceci : « *Je t'écris encore une fois, car lorsque je serais morte, je ne t'écrirais plus.* »

Ce qui était l'évidence même.

On recevait maintenant le journal *La France* tous les jours. On apprenait ainsi que le projet de loi sur le vote des femmes avait été repoussé par le Parlement.

Marie Curie, sans doute la femme la plus importante du siècle, venait de recevoir le prix Nobel de physique.

Si les héros étaient morts à la Grande Guerre, les héroïnes étaient fatiguées. Fatiguées de se dévouer et de souffrir. Les femmes voulaient vivre et profiter de la vie. Les cinémas et dancings ne désemplissaient pas. Adieu corsets, chignons, grands chapeaux et jupes longues. Une nouvelle femme émergeait des ruines de la guerre. C'était la femme émancipée des Années folles.

Les jours passèrent minute par minute, heure par heure, s'écoulant sans bruit avec une lenteur de grand fleuve paresseux. Jours si vides et si pleins, jours d'angoisse et de calme où les corps du vieux couple s'inclinaient peu à peu vers la tombe.

Épuisée, Louise mourut en 1920. Alors Stanislas vint vivre à La Carte chez son fils Alcide qui venait d'acquérir une maison. Oh ! une simple maisonnette : cuisine, chambre, grenier, cave et jardin.

D'un dernier regard, le vieillard embrassait maintenant sa pitoyable existence d'homme sur laquelle avait pesé la mort de trois enfants, mais, à part ces trois cruautés du destin, comme il avait toujours fait selon ses désirs et ses possibilités, il ne regrettait rien.

L'homme n'est-il pas constamment avide de nouveau? L'année qui vient semble toujours devoir apporter ce que ne lui a pas donné l'année passée.

Cependant, dans un coin au-dessous des planètes qui tournoient dans l'espace, une figure inquiétante aiguise son éternelle faux. Alors, ce qui faisait la vie, le mouvement, la joie, les tristesses, les anxiétés, les minutes d'oubli, les espérances, les jours de soleil et de brouillard, tout cela n'est plus que de l'histoire.

Et c'est pourquoi Stanislas songeait que la lutte avait ses lois. Il trouvait que finalement, le présent, en face du passé, comptait peu. C'est la vérité qui ressort quand on contemple ce qui demeure.

Quelquefois, le menton sur le chenet, il faisait un somme devant le feu, la casquette sur les yeux, il s'oubliait.

Le temps l'avait érodé tout doucement au-dedans comme au-dehors. Au premier rayon du soleil, le vieillard prenait sa canne et sortait. Il marchait lentement sur le petit chemin, écoutant les voix confuses de la nature.

Puis, les habitudes insignifiantes se prenant vite, chaque jour à la même heure, de son même pas, il allait s'asseoir sur le banc de pierre avec sur le visage, le même air pensif et lointain.

Il lui reste toujours quelques souvenirs qui s'effritent, ne laissant que la satisfaction d'une vie bien remplie.

Des semaines, des mois et plusieurs années passèrent au milieu de sa famille. Les saisons se succédaient, belles ou mauvaises. Bientôt, l'entourage remarqua le tremblement des doigts, les yeux cernés de lassitude et la cigarette qui pendait lamentablement au bord des lèvres, tandis que la main qui tenait le briquet retombait sans force.

Sa vie s'en allait goutte à goutte, et ce fut la dernière goutte qui se retira le jour où, assis au soleil sur la pierre du jardin, son petit-fils le retrouva, le nez penché sur la poitrine, mort d'un seul coup d'un seul, au bout de cette vie pour laquelle il n'avait pas vraiment envisagé de fin.

C'était le 11 mars 1924.

Remerciements

Madame Gaboreau, pour les documents de Glanes sur Cherveux ;
La Société d'ethnologie et de folklore du Centre Ouest.

Geste éditions
11, rue Norman-Borlaug – 79 260 La Crèche
Tél. : 05 49 05 83 50

Fondée en 1968, l'UPCP (Union pour la culture populaire en Poitou-Charentes-Vendée) a pour but de défendre et promouvoir la culture poitevine-saintongeaise entre Loire et Gironde. L'action de l'UPCP et de ses associations adhérentes prend en compte les diverses composantes de cette culture, comme la langue régionale, les savoirs et savoir-faire populaires, les coutumes, l'histoire, la vie sociale et économique.
L'UPCP organise la recherche et la formation, favorise l'expression et la création. Elle revendique auprès des pouvoirs publics une meilleure reconnaissance de l'identité culturelle régionale comme facteur de dynamisme social et économique.
Afin de développer ses propres moyens d'action, l'UPCP a créé Geste éditions (société anonyme).

Composition : Marianne Guillemet

Achevé d'imprimer en Vendée

Dépôt légal : 1er semestre 2008